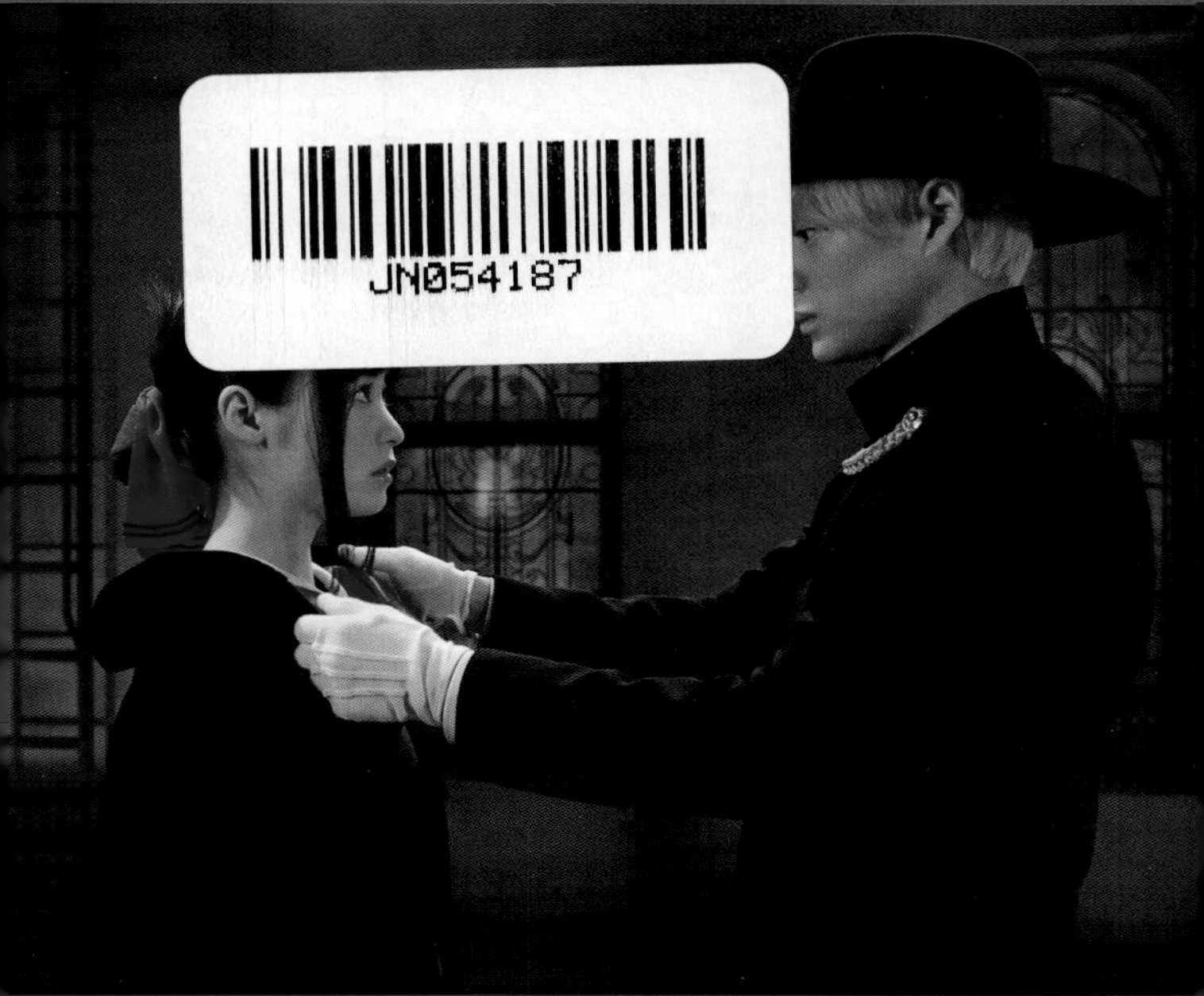

映画ノベライズ

かぐや様は告らせたい
——天才たちの恋愛頭脳戦——
ファイナル

Miyuki Shirogane
白銀御行
演：平野紫耀
（King & Prince）

四宮かぐや
演：橋本環奈

集英社オレンジ文庫

映画ノベライズ

かぐや様は告らせたい
〜天才たちの恋愛頭脳戦〜 ファイナル

羊山十一郎
原作／赤坂アカ
映画脚本／徳永友一

本書は、映画「かぐや様は告らせたい～天才たちの恋愛頭脳戦～　ファイナル」の脚本に基づき、書き下ろされています。

CONTENTS

Kaguyasama ha kokurasetai tensai tachi no renai zunosen

Final

Kaguyasama ha kokurasetai

映画ノベライズ

かぐや様は告らせたい
――天才たちの恋愛頭脳戦――
ファイナル

tensai tachi no renai zunosen Final

第1話

かぐや様を照れさせたい

乳白色の校舎は、まるで生徒たちを優しく手招きしているように見えた。

また随所《ずいしょ》に配置されたアーチ構造の窓は、たっぷりと光を内部に取り入れると同時に害あるものすべてを弾《はじ》き返すような力強さに満ちている。

ここ、私立秀知院《しゅうちいん》学園はかつて貴族や士族を教育する機関として創立された由緒正しい名門校である。

貴族制が廃止された今でなお、富豪名家に生まれ、将来国を背負うであろう人材が多く就学している。

そんな彼らを纏《まと》め上げる精鋭たち、それが〝生徒会〟である。

生徒会長・白銀《しろがね》御行《みゆき》と副会長・四宮《しのみや》かぐやは、秀知院学園で知らぬ者はいない有名人である。

勉学一本で畏怖《いふ》と敬意を集めてきた白銀御行に対し、芸事、音楽、武芸、いずれの分野でも華々しい功績を残してきた四宮かぐや。

二人は互いに好意を寄せていたが、「相手から告白させる」ことを目的として日頃から張り合っていた。それは、高すぎる頭脳偏差値と低すぎる恋愛偏差値を兼ね備えてしまったがための不幸だった。

そんな二人が水面下で繰り広げていた戦いが、ついに日の目を見る事件があった。

——秀知院学園史上、最も注目の選挙戦となった第68期生徒会選挙。

その立候補者が、白銀とかぐやだったのである。

学園の人気者である二人の一騎打ちは、両者一歩も譲らぬ展開となった。

そもそも二人が選挙戦を行うことになったのは、互いを思いやるがゆえのすれ違いからだった。

前期の生徒会が解散した日、かぐやは白銀と一緒にいられなくなってしまうというストレスから倒れてしまう。

生徒会のメンバーと離れがたく思ったかぐやは、生徒会長になり再び同じメンバーを集めようと決意する。生徒会長になれば、生徒会役員を指名することができるからだ。

一方、白銀は、かぐやが倒れてしまったのは母親から遺伝した心臓の病《やまい》だと勘違いし、彼女に生徒会長の重責を背負わせまいと、対抗馬として選挙に出たのだった。

そんな二人のすれ違いも演説中に解消され、感極まった白銀とかぐやは、つい全校生徒の前でお互いのことを好きと言いあうことになってしまう。

その後、我に返った二人はとっさに「今の好きというのは、生徒会のことが好きという意味」と誤魔化して事なきを得た（？）のである。

そんな生徒会愛に満ちた白熱の選挙戦の結果は、接戦の末、白銀御行の勝利となった。

——そして、再び彼らが集結した。

■■■

ある日の午後、白銀たちはいつものように生徒会室で執務をこなしていた。

書記・藤原《ふじわら》千花《ちか》がなにやら真剣な眼差《まなざ》しでノートに向かって書き込む音と、会計・石上《いしがみ》優《ゆう》のノートパソコンの打鍵《だけん》音が室内に響いている。

白銀が眠気覚ましのコーヒーを飲みながら書類に目を通していると、横から声がかけられた。

「会長。おかわりはどうですか?」

かぐやだった。

まるで白銀のカップが空になったのを見計らったようなタイミング。

「悪いな、頼む」

そのまま仕事を進めていると、しばらくしてからコーヒーのいい香りが鼻孔《びこう》をくすぐってきた。

楚々《そそ》とした仕草でかぐやがデスクにコーヒーカップを置いてくれる。

「どうぞ」

「ありがとう」

礼を言って、白銀は早速コーヒーカップを持ち上げた。

デスクワークには挽《ひ》きたてのコーヒーがかかせないと白銀は強く思う。

一日の授業を終えて、さらにそのあとには生徒会の業務だ。けだるい午後には、なんといってもカフェインの手助けが必要だ。

「ん?」

口元に運ぼうとしたカップの縁に、汚れらしきものがついているのを見つけて白銀は手を止めた。

「四宮？　ちょっとこれ汚れて――」

いるようだが、と言いかけて、白銀がかぐやを見たその瞬間。

まるで電流が走ったように白銀は動きを止めた。

「⁉」

かぐやがリップクリームを塗っていたのだ。

白銀は手に持ったコーヒーカップを凝視した。

（いや違う！　汚れなどではない！　これは……四宮のリップクリーム！）

あまりの衝撃に白銀の手がかたかたと震え始める。白銀自身にも制御できない手の震えはどんどん大きくなり、ついにコーヒーを零《こぼ》してしまった。

そんなふうに白銀が衝撃の事実に打ち震えている、まさにその瞬間――

あたかも無心にリップクリームを塗っているように装いながらも、かぐやは横目でしっかりと白銀の様子を観察していた。

そして白銀に見られない角度に顔を背け、ふんと鼻を鳴らす。

（会長、早速お気づきになったようですね）

カップを取り違えるなどという失態をかぐやが演じるはずはない。

あえてリップクリームの跡をつけた自分のカップを白銀に手渡すという、これは作戦なのだ。

白銀はそんなこととはつゆ知らず、じっとカップを見つめていた。

（てことは、これはさっきまで四宮が使っていたコーヒーカップ！　取り違えたのか⁉）

はっとして、白銀は顔を上げた。

（待て。今俺がこれを飲めば……間接キッス！）

白銀がこのままコーヒーを飲もうとすれば、かぐやが先程まで口をつけていた場所に白銀も口をつけることになる。それを想像しかけて、白銀は自制した。

それでは――それではまるで、白銀がかぐやと間接キッスをしたいみたいではないか。

恋愛において好きになったほうが負けというのは、絶対のルールだ。

すなわち、間接キッスをしたいと認めることは白銀にとって敗北を意味する。

しかし、これはかぐやが取り違えたカップだ。白銀はそれを受け取っただけ。

決して自分から積極的に間接キッスに向けて動いたわけではない。

実際、もしも白銀が気がつかなければなにも知らずに口をつけていたわけだし――

気がつかなければ？

今から気づかないふりをして、コーヒーを飲んでしまうというのはどうだろう。

白銀が恐る恐るカップを口元に運ぶと、ほんのりとシアバターの香りがした。

「……」

なにもできないまま白銀はカップを遠ざけた。

無理だ。こんなにいい匂いがするコーヒーカップに口をつけて、そのあと平静でいられるはずがない。

——と、そんなふうに白銀が無言のまま、しかし激しく葛藤《かっとう》している姿をかぐやはしっかりと観察していた。

（ふふっ。カップ一つでここまで動揺するなんて……。よっぽど私のことが好きなんですね。お可愛《かわい》いこと）

カップを持つ白銀の手は、あたかも罪におののくように震えていた。

悩める白銀の姿を見守りながら、かぐやは深く満足していた。

愉快だった。白銀の慌《あわ》てる姿を眺めながらのコーヒーブレイク。

けだるい午後にも、たまにはこんな楽しみがあっていい。

しかし、白銀も間接キス程度でよくもまぁ、あれほど動揺するものだ。

かぐやは違う。小学生ではあるまいし、それくらい気にしない。

白銀が使ったカップだろうと平気で口をつけることができる――

(ん⁉)

ふと、かぐやは思い至った。

先程までかぐやが使用していたカップは白銀が持っている。そして同時に、白銀が口をつけたカップはかぐやの手の中にあるのだ。

客観的に見れば、かぐやは間接キスがしたいがために、意図的にカップを取り違えたことになる。

受け取ったカップに口をつけようか迷っているだけの白銀よりも、よほど罪が深い。

(待って。なにしてるの、私⁉　これじゃまるで……ただの変態じゃない！)

たとえるならば放課後、好きな子のリコーダーを舐《な》めるがごとく変態行為。

まるで痴女《ちじょ》。

かぐやは激しく自己嫌悪に陥《おちい》った。

「……」

一方、そんな二人のやりとりにまったく気づかないまま、石上は黙々とノートパソコンに向かっている。

しかし彼は作業をしていたのではなかった。パソコンにこっそりとインストールしたゲームに集中していたのだ。

当然、それは校則違反であるが彼は気にした様子もない。

生徒会長と副会長は言葉にできない葛藤を繰り広げ、会計は平気で校則を破っている。

それらを目《ま》の当たりにして、少女はもう限界であった。

「いい加減にしてください！」

大声でそう言い放ったのは、伊井野《いいの》ミコだった。

石上と同じ一年生で役職は会計監査。

風紀委員で正義感の強い伊井野は、生徒会室を威嚇《いかく》するように見回していた。

「？」

突然怒鳴られ、白銀たちはぽかんとして伊井野を見返した。

「どうした？　伊井野監査？」

白銀が問いかけると、

「もう我慢なりません！　貴方《あなた》たちに学園の代表としての自覚はあるんですか⁉」

伊井野が追及するように三人を順番に指差した。

「？」

白銀たちは顔を見合わせて首を傾《かし》げる。

なぜ叱《しか》られているのか理解できないという仕草に、伊井野は痺《しび》れを切らして生徒会室の一角を指差した。

カップを見つめて頭を抱える生徒会長、それをにやにやと見守っていたかと思えば突然ショックを受けたように顔をしかめる副会長、そしてゲームばかりして仕事もしない会計──

そんな無法者たちの巣窟《そうくつ》のなか、唯一の正義はそこにあった。

「藤原先輩を少しは見習ってください！」

伊井野の声に白銀たちの視線が藤原に集中する。

デスクに広げたノートになにかを書き込んでいた藤原が、ちょうどその作業を終えたらしく「んへ、えへへ」と満足そうに笑いながら顔を上げた。

藤原はノートをみんなに見えるように高々と掲げた。

「ジャーン！」

そこには、愛犬ペスがチンチンをしている絵が、でかでかと描かれているのだった。

「……」

白銀たちは無言で、「あれを見習っていいの？」という視線を伊井野に向ける。伊井野は気まずそうな顔をしていたが、すぐに話題を変えた。

「——そ、そもそも、みんなの見本であるべき会長に問題があるんです！」

「俺が？」

「一人でコーヒーかたかたさせてたかと思えば、急に深刻な顔して……情緒不安定すぎます！」

伊井野の指摘を受け、白銀はバツの悪い思いをした。

未遂で終わったとはいえ、かぐやと間接キッスをしようか迷った自分を恥じた。

かぐやの気持ちも考えずにあんなことをしようとするなんて、どうかしていたのだ。

そんな白銀の後悔には気づかず、伊井野は叫び続けている。

「私は生徒会長を目指しているんです！　だからあのとき……」

そして、白銀たちは伊井野が初めて生徒会室に飛び込んできた日のことを思い出した。

■■■

白銀とかぐやが激戦を繰り広げた生徒会選挙が終わった日、再びメンバー全員が生徒会室で再会した。

白銀たちが再び同じメンバーで生徒会を続けられることを喜び合っていると、生徒会室の扉が勢いよく開かれた。

「あんなふざけた選挙は無効です！」

「⁉」

驚いて白銀たちが扉を見ると、そこに立っていたのは小柄な女子生徒だった。

上目遣いにこちらを見てくる様子は小動物のようだが、それに似合わないくらいに意志が強そうな目が印象的だった。

女子生徒を見て、石上がぽつりとつぶやいた。

「伊井野？」

「石上くんの知り合い？」

藤原の問いかけに石上はうなずいた。それから伊井野に問いかける。

「はい、同じ学年で……。どうしたんだよ、急に？」

伊井野は石上を無視して素通りすると、白銀とかぐやの前に立ちはだかった。

「いったいなんなんですか⁉　あの演説は⁉」

そんなふうに伊井野は、白銀とかぐやに詰め寄ってくるのだった。

「……」

無視された石上はぽつんと取り残されたような顔をしている。

白銀は思わずフォローしなければと考えたが、それは続けて発せられた伊井野の言葉に遮《さえぎ》られた。

「お互い、無駄に好き好き言いあってただけじゃないですか！」

「！」

生徒会選挙の演説時に、二人が思いの丈をぶつけあったことはまだ記憶に新しい。

かぐやがスペイン語で「好き！《テアモ》」と言えば、白銀がフランス語で「好きだ！《ジュテーム》」と言い返す。さらには中国語、韓国語、ドイツ語、イタリア語、ブルガリア語、ルワンダ語と、お互いが知りうる限りの言語を駆使して愛を叫び合ったのだ。

そのときのことを思い出すと、二人とも顔から火が出そうになるほどである。

白銀とかぐやは口をそろえて言いつくろった。

「な、なにを言ってるんだ……。あの〝好き〟はあくまで生徒会に向けたものだ」

「そ、そうですよ……。なにを言っているの」

あまりにも稚拙《ちせつ》な言い訳に、伊井野は嘆息と共につぶやいた。

「私は学園の憧れの的であったお二人が立候補したので、今回は出馬を見送ったんです」

「そうだったのか……」

申し訳ない思いに、白銀は目を伏せた。

あの生徒会選挙は、よりよい学園を作ろうとか、生徒たちの意見を反映させようという、本来の趣旨《しゅし》からは外れていた。

白銀はかぐやの体調を気づかって出馬したのだし、かぐやが立候補したのは再び生徒会でみなが集まるためだった。

その想いが間違っていたとは思わないが、もしかしたら伊井野のように、本当は生徒会長になりたかった人間が他にもいるかもしれないと考えると胸が痛んだ。

白銀とかぐやが立候補すると表明したとき、学園中が沸き立った。

天才と並び称される二人が立候補してしまえば、そのあとから自分もと手をあげることは決してできなかっただろう。

「それなのに……あんなグダグダな演説で会長が決まるなんて。選挙をやり直してください。次は私も立候補します！」

伊井野の意見は正当なものだ。

彼女の真っ直《まっす》ぐな瞳を見て、白銀はその断罪を受け入れるべきか迷った。

だが、もう一人の当事者にはさらさらそんな気はなかった。

「構いませんよ」

かぐやはさらりとそう言った。

にっこりと聖母のように笑いながら、伊井野に余裕たっぷりの態度で言い放つ。

「でも、あなたへの反発も覚悟してください」

先の選挙では金券を配ってまで票を得んとしたかぐやである。

ましてや今度の相手は白銀ではなく、交流もないただの一年生だ。

かける情けなど端《はな》からなく、容赦《ようしゃ》という言葉は四宮の辞書に載っていない。

そんなかぐやの迫力を受けて、白銀は身を震わせた。

一方、張本人である伊井野はかぐやの微笑《ほほえ》みを真っ向から受けて立っていた。

「望むところ――」

です、と伊井野が言いかけたところで、藤原の甘ったるい声がそれを遮った。

「かぐやさん～。そんなこと言ったらかわいそうじゃないですかぁ」

「⁉」

ぴょこんと伊井野の隣にやってきた藤原は、からみつくような声で彼女の耳元に囁《ささや》いた。

「学園の人気者である会長に嚙《か》みついた子猫ちゃん……。みんなから一斉に嫌われ、蔑《さげす》まれ、罵《ののし》られ、捨てられる」

「……！」

それは伊井野の未来を予言した言葉だった。

本来、選挙とは面倒で学校行事のなかでも人気がない部類に入る。

前回の選挙があれほど盛り上がったのは、二大有名人の一騎打ちというイベント性があったためである。

伊井野の希望通りに再選挙になれば、白銀は当然立候補するだろうし、かぐやも今度は白銀の選挙活動の補佐を担《にな》うはずだ。

白銀とかぐやが手を組めば、伊井野に勝ち目があるはずはなかった。

藤原の言うとおり、無駄に生徒たちの時間を奪った空気の読めない女として、伊井野は口汚い言葉を浴びせられることもおおいにあり得る。

伊井野自身もそんな未来を思い描いたのかもしれない。暗い顔をしながらも、どこか引き寄せられるように藤原の言葉に聞き入っていた。

「行き場を失った捨て猫ちゃんは夜の街で……男の人に拾われ……、それから二人は軋《きし》むシングルベッドの上で……」

いや、そうはならないだろと白銀と石上は考えた。

なんだその尾崎豊《おざきゆたか》の歌みたいな展開。優しさを持ち寄るのもいい加減にしろよ、とつっこもうとしたが、

「！　や、やめて……！」

と、なぜか伊井野が耳を塞《ふさ》いだ。

藤原はそんな伊井野の頭を優しく撫《な》でる。

「よしよし」

伊井野は恐怖から解放されたような顔で、藤原に撫でられて安らいでいた。

「手懐けてる……」

石上が二人の様子を見て呆《あき》れていた。

さっきの話にはリアリティーがなさすぎると思ったが、実際にこうして藤原になだめられている伊井野を見るとむしろ真実味がありすぎて心配になってくる。

そんなふうに会ったばかりの一年生の将来を案じていた白銀は、ふと思いついた。

「だったら、君も生徒会に入らないか？」

「え？」

伊井野が顔を上げる。

「会長⁉」

とがめるようなかぐやの声を無視して、白銀は伊井野の目をじっと見た。

「生徒会長を目指すなら、今から実地で学んでおいたほうがいい。俺は歓迎する」

なんとなく伊井野の正義感は本物だと白銀は思った。

それに彼女にはかぐやの威嚇を真正面から受け止めるほどの度胸もある。

このまま再選挙をすれば、藤原の言うとおりに伊井野が損をするばかりでいい結果にはならないだろう。

ならばむしろ今年は会計監査として経験を積ませてあげて、来年の選挙で生徒会長を目指したほうがいいと白銀は考えたのだった。

■■■

——と、それが伊井野が生徒会に入ったいきさつだった。

「私は会長にそう言われたから、しっかり学ぼうと生徒会に入ったんです。それなのに、四宮先輩とイチャイチャしてばかりで……」

先程の二人の痴態を思い出したのか、伊井野は語気を強めた。生徒の規範となるべき二人が風紀を乱すなど言語道断である。

伊井野にとっては当然の指摘のつもりだったが、白銀は衝撃を受けていた。

「イチャイチャだと⁉」

白銀は間接キッスしようか悩んでいただけなのに、そんなことを言われるのは心外だ。

反論しようとして、ふと白銀は思いとどまった。

先程の自分たちはイチャイチャしているように見えたのだろうか。どの部分が？　どれくらい？　え、カップの交換って自分が知らないだけでなんかそういう恋人的なアプローチがあるのか、と白銀はずぶずぶと思考の泥沼にはまり込んだ。

「伊井野さん、その言葉はいただけません――」

と、かぐやがたしなめようとするのを伊井野は遮って、

「いくら好き合っている二人とはいえ、時と場所くらい選ぶべきです！」

「好き合ってる⁉」

思わぬ言葉にかぐやは我が身を振り返った。

傍《はた》から見れば白銀と自分が好き合っているように見えるのだろうか。いつ頃からそう見えてたの？　あと時と場所を選ぶってなに？　使用済みのカップを交換するのが許される場所ってこの世のどこにあるの？

「イチャイチャ……してるのか⁉」

「え？　好き合ってるの⁉　そういうふうに見えちゃってるの……？」

伊井野の言葉にショックを受けて、なにやらブツブツつぶやき続ける白銀とかぐやを見て、石上はため息をついた。

伊井野はいつもこうだ。

正義感が強く、彼女の言うことは間違いではないのだが、常に真正面から相手の過《あやま》ちを指摘するため攻撃的な言動になってしまうことが多い。

「伊井野さ、相手の気持ちも汲《く》まずにキャンキャン吠えてたら、誰も素直に耳を傾けられないだろ」

だが伊井野は石上を無視するように歩き始めた。

「……」

えー、と石上が口をパクパクさせているのを横目に、藤原が伊井野に呼びかけた。

「ミコちゃん」

「はい」

にっこりと笑いながら言い聞かせる。

「相手の気持ちも汲まないで、ニャンニャン鳴いたって、誰も素直に耳を傾けてくれないよね」

「仰《おっしゃ》るとおりです……」

伊井野は素直にうなずいた。

つい数秒前にほとんど同じことを言って無視された石上は開いた口が塞がらなかった。

「……」

「よしよし」

藤原は実に嬉《うれ》しそうに伊井野の頭を撫でる。まるで新しい玩具《おもちゃ》を手に入れたように彼女はご機嫌だった。

伊井野もまた、藤原に可愛がられて満更でもなさそうな顔をしている。

伊井野の言葉がよほど嬉しかったのか、かぐやがいつになく柔らかな口調でつぶやいた。

「好き合ってる二人だなんて……。やっぱりいい子だわ」

「え……？」

白銀がかぐやを見ると、慌てて目をそらされてしまった。

■■■

実家であるオンボロアパートの台所の片隅《かたすみ》。

風呂上がりの白銀は、電気もつけず腰にバスタオル一枚を巻いただけの格好でぽつんと体育座りをしていた。

（四宮は多分俺のことを好いてくれている……と思う）

思い出すのはあの生徒会選挙のことだ。

全校生徒の前で、自分に力いっぱい「好き」と叫んでくれたあの日のかぐやの声がいつまでも耳から離れない。

（あの〝好き〟は明らかに俺に向けられたものだった……）

生徒会のことが好き——そんなふうに誤魔化したのは、きっと白銀だけではないはずだった。その確信は、今日のかぐやの態度を見てますます強くなった。

（だがあれは恋愛感情の好きなのか⁉　LIKE or LOVE……どっちの〝好き〟なんだ……）

パチンと電気がつくと、驚いた顔の妹——圭《けい》が立っていた。

「わっ、びっくりした。お兄《に》ぃ、裸でなにしてんの⁉」

「え？　あ、いや……。ちょっと考え事を」

白銀は慌てて釈明したが、圭は嫌そうに吐き捨てる。

「キモッ。服着てよ」

「ごめん……。あ、ねぇ、圭ちゃん？」

「なに？」

せっかくなので今日のことを圭に質問してみようと白銀は思い立った。

最近は難しい年頃なのかあまり自分に話しかけてくれなくなった妹が、文句交じりとはいえ会話を続けてくれるのは珍しい。

今日のかぐやの態度――いったいあれはライクなのかラブなのか、どうしても白銀はそこをはっきりさせたかった。

「たとえば……なんだけどさ、自分がつけていたリップクリームの跡が残ったコーヒーカップを、ラブでもない相手に出さないよね……？」

「は？　それただの変態じゃん」

「えっ……」

驚く白銀の背後から、突然声が聞こえてくる。

「ああ、変態だな」

振り返ると、上半身裸で白ブリーフ姿の父がいた。

なぜかテレビや映画の撮影に使うような大型のビデオカメラを構えている。

その姿を見た圭が、白銀の心の声を代弁してくれた。

「キモッ」

だが普段から圭の罵倒《ばとう》に慣れきっている父はびくともしない。まるで聞こえていないかのように白銀に向かって言う。

「さもなくば、ただゴミ扱いされてるだけだ」

「ゴミ⁉　てか、なにやってんの？」

「見てわかるだろ。全裸監督だ」

　見てもわからないし、聞いてもわからない。いや、全裸監督はもちろん知っているが、親父《おやじ》がそんな格好している理由の説明にはまったくなっていなかった。

　その理由は、圭が心底嫌そうにしながらも説明してくれた。

「ユーチューブ始めたんだって。ゲーセン代稼ぐために」

「御行。ホラ貝吹いてくれ」

　と父がホラ貝を投げてくるので、白銀はとっさにキャッチする。

　そのままつい吹きそうになってしまうが、直前で思いとどまった。

「いや、吹かないから。なにこれ？　てか、盗撮やめて？」

　父のカメラが撮影中であり、そして自分がほぼ半裸の状態でいることに白銀は気がついた。父は言ってやめてくれるような人ではないので、立ちあがってカメラを奪い取ろうとしたら、腰のバスタオルが落ちてしまう。

「ナイスですねぇ」

　ムスコにカメラを向けながら、父はしみじみとつぶやいた。

早坂愛《はやさかあい》はかぐや専属の付き人で、就学中のかぐやをサポートする人員として秀知院に送り込まれている。

彼女の家は代々四宮家に忠誠を誓う家系であり、四宮家からの信頼も篤《あつ》い。

主人の命を受けて奔走《ほんそう》したり、かぐやの様々な悩み事を聞くのも仕事のうちだ。

その晩、かぐやの部屋でいつものように早坂が就寝の支度を手伝っていると、ぽつりとかぐやがつぶやいた。

「あの日以来……、会長の目を見て話すことができないの」

かぐやが言うあの日とは、生徒会選挙のことであるとすぐに早坂は思い当たる。

生徒会のことが好き――そんなふうに誤魔化したのは、絶対にかぐやだけではないはずだった。

そんなものは、二人の様子を傍から見ていれば嫌でもわかる。

「あの〝好き〟は明らかに、私に向けられたもの……」

「でしょうね」

うなずきながら、早坂はちらりとベッドの上に散らばった花びらに目を落とした。その側《そば》には花びらをむしられた茎《くき》が何本か転がっている。

早坂にとっては二人の気持ちは一目瞭然《いちもくりょうぜん》だったが、かぐやは何度目かの花占いを経てようやく白銀の言葉が自分に向けられたものだと信じたようだった。

「あとひと押しあれば、確実に会長は私に告白してくるはず」

「だったら早くそのひと押しをすればいいのでは？」

「……できない」

「なぜですか？」

本当に心からの疑問だった。とっととくっついてしまえばいいのにと心底思う。

「会長の顔を見ると……あのときの〝好き〟を思い出して、頭がぐわんぐわんするの！」

真剣に悩むかぐやの様子を見て、早坂は深いため息を吐く。

早坂にとってかぐやは主人であり友人であり、そして手のかかる妹のような存在でもあった。

毎度毎度、面倒だとは思っていてもつい冷たくしきれないのは、職業的な義務感以上の理由があるからだ。

「では、ルーティーンを試してみましょう」

「ルーティーン⁉」

「はい。スポーツ選手などが行うメンタルコントロール法の一つです」

早坂の言葉をひきとって、かぐやが言う。

「もちろん、そんなことぐらい知ってるわよ。一定の行動を行うことにより精神状態をリセットし、リラックス状態にもっていく方法でしょ」

有名なところでは、野球選手がバッターボックスに入ってから袖《そで》をつまんだり、体操選手が演技に入る前に照準をつけるように両手を前につきだしたり、ラグビー選手がゴールキックの前に印を切るような仕草だ。

「はい。それをかぐや様もやるのです」

「⁉」

かぐやは驚いていたが、早坂の提案を拒否するようなことはなかった。

「かぐや様が体を動かして、もっとも心地よい動作を見つけてください」

「心地よい動作……」

ストレッチのようなことをしたり、頭をぐりぐりしてみたり、かぐやはしばらく様々なポーズを取っていたが、やがて動きを止めた。

「これかしら？　これが心地いいです……」

右手で左の頬《ほお》を触りながらそう言うかぐやは、どことなくリラックスしたような表情をしていた。

「では」

効果を試してみようと、早坂はタブレットを操作して白銀の写真を見せた。

「⁉」

「ほーら、未来の旦那《だんな》様ですよ」

その言葉を聞いたかぐやの顔がみるみる赤くなった。

すかさず早坂は指示する。

「はい、頰触って」

かぐやが右手で左頰を触ると、スッと一瞬で落ち着いた様子に戻る。

「お可愛いこと」

つぶやいたときにはもう、未来の旦那様を想像して恥ずかしがっていたかぐやはそこにいなかった。

その様子を見て、早坂は素直に感心した。

「さすがですね。こんな短期間で会得できるとは」

恋愛においては小学生並みの知識と行動力しかもたないかぐやだが、それ以外のほぼすべてのことでは完璧なのだった。

ルーティーンは、非科学的なジンクスやおまじないの類《たぐ》いではない。

特定の行動と脳のリラックス状態をシナプスレベルで結びつけることが肝心なのだ。

かぐやは早くもそれをマスターしていた。

「すごい……。これならいける……！」

呆然《ぼうぜん》とつぶやきながら、かぐやは瞳を輝かせていた。

■■■

翌日、白銀が校舎の外を歩いていると、ゴミ箱を手にしたかぐやを見かけた。

「四宮？　ゴミ出しか？」

「ええ、当番で」

きっとかぐやの家ではゴミ出しなんてメイドがやってくれているのだろうなと、白銀はかつて足を運んだ豪邸を思い出した。

そんな四宮家のご令嬢といえど、学校生活を営むうえではゴミ当番は避けられない。

かぐやは嫌な顔ひとつしないでゴミ箱を運んでいる。

己《おのれ》に課せられた義務を黙々と果たそうとしている彼女の姿を、白銀はなぜだかずっと見ていたい気持ちになった。

しかし、同時に別の考えも生まれる。

（これはチャンス……。今この場で確かめるんだ。四宮の気持ちがどういうものなのか！　長い間、ライクなのかラブなのかはっきりさせようではないか作戦……！　ん？　長いか？）


そんなふうに考え込む白銀をかぐやが不思議そうに見ていた。

変だと思われないうちに、白銀は慌てて声をかける。

「重いだろ……。持とうじゃないか」

と、かぐやが断る隙《すき》も与えないまま、白銀はゴミ箱に手をかけた。

さりげなく、かぐやの手に触れる。

（人間、誰とて好きな相手とふいに触れれば動揺する！　これで赤くなっていれば……ラブ確定！）

白銀は、どうだとばかりにかぐやを見た。

「ありがとうございます」

冷静そのものといった表情で、かぐやが言う。

右手で左の頬に触れたまま、彼女はまるで見知らぬ人に挨拶《あいさつ》でもするみたいなニュートラルさを保っていた。

「!!」

（ノーリアクション！　やはりライクなのか？　いや、まさか本当に俺は……ただのゴミ！）

動揺する白銀をよそに、かぐやは、ふんと鼻を鳴らす。

（今の私にはルーティーンがある。私の心のうちを読むことは誰にもできない）

白銀はゴミ箱に詰まったティッシュや菓子パンの袋を見ながら、かぐやにとっての自分はこいつらと同じくらいの存在なのだろうかと考えていた。

（いやいやいや、そんなゴミなんてはずはない。ならば……）

かぐやが照れてくれればいいのだ。

そうすれば、自分はゴミではないのだと信じることができる。

己の存在価値を証明するため、白銀は言う。

「四宮って綺麗《きれい》だよな……」

だが、そう口にしてしまってから白銀はすぐにはっと気づいて後悔した。

（しまった！　これは踏み込みすぎた！　こんなん誰だろうと言われたら照れるやつ！　これで赤くならないほうが――）

しかし、かぐやは右手で左頰を触ったまま涼しい顔をしている。

「……そんなことありませんよ」

「！」

ショックによろめきそうになる。自分では踏み込みすぎた爆弾発言だと思ったのに、それを聞いたかぐやの顔といったら――

（真顔！）

少しも心を乱した様子がないかぐやを見て、白銀の自尊心は崩壊寸前だった。

だが、すぐに思い直す。

きっとかぐやは綺麗だなんて言われ慣れているに違いない。

（……こうなったらもう少し強めのワードを！）

白銀はよく知らないが、確かかぐやは外国の賓客《ひんきゃく》を集めたパーティーなどに出席することもあるのだという。それで褒められ慣れてしまっているのだ。きっとそうに違いない。

白銀の一言も、それと同じ社交辞令のようにとられてしまっているのだ。

ならば、白銀は本気の美辞麗句でかぐやを照れさせねばならない。

かぐやの完璧な造形美を褒め称《たた》える言葉ならば、いくらでも並べることができる。

普段は口にできない本心を、白銀は矢継ぎ早にまくしたてる。

「いいや、綺麗だ。目、鼻、口、どれをとってみても一つ一つのパーツが精巧に作られた最上級のフランス人形のようであり――」

「！」

白銀の台詞《せりふ》を受けて、かぐやは立ち眩《くら》みに似た感覚に襲われた。

普段はどれだけかぐやが策を弄《ろう》しても告白してこないのに、なんで今日の白銀はいつになく積極的なのだろうか。

こんなに甘い言葉を囁かれ続けたら、とてもではないが身が持たない。

（まずい……。いくらルーティーンがあるとはいえ、これ以上攻撃を受けるのは危険……。ならば！）

「私も会長のことはカッコいいと思いますよ」

「えっ……」

つい動揺してしまってから、白銀はハッとなった。

（返り討ち……！　しまった……油断した……）

見れば、かぐやは勝ち誇ったような笑みを浮かべている。

白銀は必死に次の策を考え始めた。

「……」

「……」

白銀とかぐやはまるで一騎打ちするガンマン、刀を向け合う侍《さむらい》のような緊張感で次の一手を考えていた。

お互いに相手のことを想えば想うほどに——

プライドの高い両者において自《みずか》ら告白するなどあってはならない。

ならば己の知略と技術をもって相手に告白をさせる以外にない。

「四宮は……ルビーの瞳に細かく鮮やかな髪で……」

「会長は……キリッとした目つきにつやつやな髪で……」

——恋愛は戦《いくさ》！

告白したほうが負けなのだ。

この物語は、そんな二人が織りなす互いの尊厳をかけた、恋愛頭脳戦なのである。

第2話 かぐや様は連れ出したい

かぐやが中庭で弓を引いていた。

きりきりと引き絞られる音と共に、見物人の緊張も高まる。

やがてかぐやが指を放すと、弦音《つるおと》と共に一直線に矢が飛び出していき、それは狙い過《あやま》たずに的中した。

射貫《いぬ》かれたくす玉がぱかりと割れる。

すると中から『第68回体育祭まであと1週間』という垂れ幕が下りてくる。

応援団長の風野《かぜの》がかけ声をかけると、それに呼応して団員たちも声を振り絞った。応援団だけでなく、側《そば》にいた生徒たちも歓声を上げている。

その声量はそのまま、体育祭へ向かって高まる興奮の熱量を示しているようだった。

しかし光があれば必ずどこかに影もできる。

「体育祭って、ちょーくだらないですよね」

中庭で盛り上がっている生徒たちを見ながら、石上《いしがみ》がつぶやいた。

白銀《しろがね》と石上は三階の廊下の窓から、体育祭の準備を進める生徒たちをぼんやりと眺めていた。

後輩の口から飛び出した暴言に対して、白銀はやんわりと諭《さと》した。

「体育祭は大事だぞ。生徒一人一人が責任を持って行事に参加することにより心身共に成長し――」

「つーか、だいたいなんすか？　あの応援団とかいう偽善に満ち溢《あふ》れた、ただうるさい耳《みみ》障《ざわ》りな連中は……」

白銀の言葉を遮《さえぎ》って石上が吐き捨てる。その口調は、世間話というには怒りがこもりすぎていた。

白銀と石上は不思議と気が合い、先輩後輩という垣根を越えた友人だと思っている。だが、そんな白銀でも、石上に対してちょっとどうかと思う部分はある。

学校生活で目立つ生徒たちや、キラキラした存在を目にするたびに石上は我を忘れるほどに憎悪を振りまくのだ。

（しまった……。石上の青春ヘイトが始まってしまった）

普段は白銀のことを尊重し、生徒会の面倒な書類仕事も文句なくこなし（ゲーム発売日にサボることはあるものの)、まるでよく懐いた猟犬《りょうけん》のように振る舞うのが石上という男だった。

だが、この青春へイトが始まってしまうとどうにもならない。

周囲のことさえ目に入らず、ひたすら罵詈雑言《ばりぞうごん》を吐くようになってしまうのだ。先の生徒会選挙で応援演説を頼んだ際も、そのために失敗してしまったのだった。

「ああいうの見てると、マジ薄ら寒いっていうか……。応援とかいって、本当は自分らが目立ちたいだけだろっていうか……。カッコつけてんじゃねえよっていうか……」

「おい、石上……?」

白銀が声をかけても石上は気づかない。

「あぁほんと……全員死なねーかな……」

ため息と共にその言葉を吐き出した石上は、ようやく周囲の視線に気がついた。

数人の生徒たちが、まるで危ない人を見るように遠巻きに石上のことを見つめている。

「!」

視線から逃れるように石上はそそくさと立ち去ってしまう。

白銀はため息をついた。

かぐやが廊下を歩いていると、下駄箱の近くで偶然白銀を見かけた。

いつものリュックを背負って歩く姿は、すっかり帰り支度をしているように見える。かぐやは少し不思議に思って声をかけた。

「会長？　もうお帰りですか？」

体育祭を間近に控えたこの時期ならば、白銀は校則で定められた下校時刻まで残ってなにかしらの仕事を行うのが常である。

学校の重要イベントの前には、バイトのシフトも調整するのがいつもの白銀の行動パターンだったはずだ。

「ああ。今日は急遽《きゅうきょ》、他校との交流会が入ってな」

「交流会？　そうですか、ご苦労様です」

「ああ。それじゃ」

去っていく白銀の背中を見送ってから、かぐやは何気なく廊下の一角に設置されたモニターへと目を向けた。

『今月の校内目標。〝自己探求〟。自分について学びましょう～』

多くの生徒は校内目標など気にしない。しかし、無駄ではないのだ。

ある研究によると通学に向かう子供に「いってらっしゃい」とだけ言うのと「事故に気をつけてね」と言うのでは、後者のほうが交通事故に遭う確率が低下するとのことだ。

校内目標もそれと同じで、「よし、今月は自己探求しよう」と決意する生徒はいないかもしれないが、ここで目にした言葉を脳が記憶し、なにかの機会に自分について学ぶ手助けをしてくれるかもしれない。

「かぐや様」

前方から歩いてきた早坂《はやさか》に呼びかけられ、かぐやは足を止めた。

「なに？」

「いいんですか？」

「なにがですか？」

用もなく早坂が校内で話しかけてくることはほとんどない。だが、あまりにも要領を得ない問いかけに、かぐやは顔をしかめた。

そして、早坂はかぐやが思いも寄らない言葉を口にした。

「あれ、合コンですよ」

「ご、合コン⁉」

思わずかぐやは叫び声を上げてしまった。

「え、合コンってあれでしょ⁉　男女がつがいを求めて乳繰りあう……」

もちろん、かぐやはそんないかがわしいイベントに参加したことはない。だが、噂《うわさ》には聞いていた。

発情期の男女が、手っ取り早くパートナーを見つけて種の保存を果たそうとする大人のイベント。

出会い・交流・乳繰りが一元化された性のワンストップ窓口――

言葉では理解していても、かぐやは実際に合コンがどんな場所で、どんなふうに行われるのかは知らない。

合コン会場で、つがいを求めた男女の集団が皇帝ペンギンのように集まり乳繰りあっている様子をかぐやは妄想した。

「どんな妄想をしているかわかりませんが、話が面倒なので補正や訂正はいたしません。そうです」

普段はかぐやの妄想を否定する早坂までもが、無表情に肯定《こうてい》する始末だった。

「！　てことは？　会長もその群れのなかに交じって……私以外のメスと……」

妄想の世界でかぐやは、合コン会場で乳繰りあっている男女のなかに白銀ペンギンがいるのを見つけてしまった。

合コン会場にあるモニターには、こんな文字が表示されている。

『今月の校内目標。〝つがい探求〟。みんなで乳繰りあいましょう～』

改変された校内目標が勝手にかぐやの脳内に浮かび上がり、彼女を苦しめる手助けをしていた。

「やめて！　そ、そんな集まりに会長が……。私というつがいがいる身にもかかわらず……許せない！」

他のどんなやつらが乳繰りあおうがかぐやには関係ない。だが白銀だけは違う。白銀だけはそんないかがわしいイベントに参加しては駄目なのだ。

そもそも生殖と繁栄のメカニズムからいえば、恋愛という概念はあまりにも非合理だ。自然界においては多様性という観点から、ある程度の好みの取捨選択は行われたとしても、次代に種を残すことこそが第一目的である。恋愛的観点による過度の吟味《ぎんみ》は、全体的に見てマイナスにしかならないからだ。

だからこそ恋愛は人間的な行動であり、価値があり、美しい。

気に入った相手とすぐにつがいにならずに、時には試し、時には遠ざけ、すれ違ったり、惹《ひ》かれあったりしながら、相手との距離を縮めていく。それなのに。ああ、それなのに合コンなんて――

ぐるぐると悩み続けるかぐやに、早坂が軽い口調で言う。

「行かないでと言えばいいんじゃないですか？」

かぐやはいきりたって反論した。

「それじゃまるで、私が好きみたいじゃない！」

「だったら、逆にどうすればいいと？」

そんなことかぐやだって訊《き》きたいくらいだ。どうすればいいだろう。このままでは白銀が乳繰りあってしまう。

なんとかそれを止める手立てはないだろうか――

「……そうだ」

かぐやは思いついて、早坂を見た。

鬼気迫る表情の主人に見つめられて、早坂はビクッと身をすくませた。

■■■

応援団の部室として使われている教室の前方に石上は立っていた。

石上はなぜ自分がここにいるのか、束の間わからなくなった。

石上は黒板の前に立たされており、まるで転入生としてクラスメイトに紹介されるような気分を味わっている。

そして部屋にいるのは自分とは対極の、現在を楽しみ、青春を謳歌《おうか》しているようなキラキラした目の生徒たち。

「もしかして、赤団あげてっちゃうぅぅうう⁉」

「ワショーイ！」

応援団長のかけ声に、石上以外の全員が楽しそうに応《こた》えた。

だが石上は反応できない。

「……」

「ウェーイ‼」

その合《あい》の手についに我慢しきれなくなって、石上はぶつぶつと小声で呪詛《じゅそ》を吐いた。

「出た、ウェイ系。最悪だ。なんで俺がこんなとこに。完全に場違いだ……」

応援団長の風野は、石上の暗黒オーラをものともしないで爽《さわ》やかに言う。

「てことで、急遽、今日から石上が団員に加わった。俺が団長。子安《こやす》が副団長だ」

風野に紹介された子安つばめが、石上ににっこりと微笑《ほほえ》んだ。

柔らかな笑顔。

石上はなぜか胸が痛くなるような感情を覚えた。

風野が叫んだ。

「んじゃ、みんなオケマル⁉」

「オケ丸水産！」

と、手をあげながら石上以外の全員が続く。

まったくそのノリについていけない石上は、呆然《ぼうぜん》としながら周囲の様子をうかがった。

団員たちは少数のグループに分かれて談笑している。風野はテンションが上がってしまったのか、教室中央の机に飛び乗り笑っていた。

石上は動物園で肉食獣の檻《おり》の内側に閉じ込められてしまったような気分で、彼らの様子を慎重に観察した。

しかし、「今日はクラブオフしょ！」「よいちょまる！」「これワンチャンいけるっしょ！」などとテンション高く叫ぶ彼らがなにを言っているのか、石上にはほとんど理解できなかった。

ここは本当に日本なのだろうかと、石上が迷子になったような顔をしていると、つばめが側にやってきて、こう切り出した。

「石上くん、メアド教えてよ」

「はい。すみません、お手を煩《わずら》わせて……。これです」

石上がスマホの画面を見せると、つばめが笑った。

「ありがとう。ちょっと待ってね、打っちゃうから」

「……」

スマホを操作するつばめの横顔を石上は見つめた。

新入りの自分を気づかってくれるつばめの対応が、石上にとってはひどく新鮮だった。

つばめがメアドを登録してくれるのを待っている間に、周囲はさらなる盛り上がりを見せていた。

いつの間にか始まっていた手拍子と「おい、おい、おい、おい！」と誰彼ともなく発せられるかけ声が、段々早まっていく。

机の上に立っている風野が指揮者のように手を振ると、それに合わせて手拍子のリズムが変化する。

その盛り上がりが最高潮に達したところで、パシンと一斉にみなの手が打ち鳴らされ、それから風野は切り出した。

「で！　うちらの応援服なんだけど。女子が学ランで男子は女子の制服でいきまーす！」

「ウェーイ‼」

石上は、口を挟むことさえできなかった。

いつの間にか重要な事項が決定していた。

「マジ卍《まんじ》！」

「マジ卍！」

他の生徒がポーズを決めるのが、石上にとってはカルチャーショックだった。

普通、こういうときって多数決とかしないのだろうか？

提案↓ウェーイですべての採決を完了させる大胆なシステム。

民主主義を越えた仕組みがここにあった――

そして遅ればせながら石上は重要な問題に気がついた。

「え……」

男子と女子の制服を入れ替えて着るって話だったけど、それはどうやって入手するのだろうか。まさか自分以外の応援団は、異性の兄弟姉妹が秀知院《しゅうちいん》に在籍しているとでもいうのか。

「服は各々《おのおの》誰かに借りるってことで！　んじゃ、お先にドロンします！　バイなら」

「！　え、ちょっと借りるって……誰に？」

だが風野はとっくに退室しており、石上の疑問には誰も答えてくれなかった。

■■■

カラオケ店のパーティールームで、風野が流行の曲を熱唱していた。

実に気持ちよさそうに歌っている風野だったが、その途中で曲が止まってしまった。

「え～⁉」

「間違っちゃった～、ごめ～ん！」

リモコンを手にした女子が可愛《かわい》く謝ると、風野が笑った。

「このぉ～！」

そんなやりとりをしているうちに次の曲が始まると、わっと歓声が上がった。

みな楽しそうに笑っている。

若い男女が集まる室内で、白銀は居心地悪く座っていた。

「……」

なぜ自分はここにいるのかと自問する白銀の隣に、風野がやってきた。

「おい、白銀？　よく見るとあの子マブじゃね？　ハーフ？　マブすぎて目いてぇわ」

「？」

風野が指し示す先には、一人ポツンと座っている早坂がいた。

メガネをかけて髪型も変わっているが、白銀は確かに彼女に見覚えがあった。

「……ん？　あれって四宮《しのみや》のとこの」

「知り合い？」

「あ、いや……」

知り合いというほどではない。会話をしたことはあるが、すべてかぐやについてのことで、白銀は早坂のことをなにも知らなかった。

そもそも四宮家に仕えているはずの彼女がなぜこんなところにいるのか。

「隣いい？」

いつの間にか、他校の制服を着た女子たちが白銀の隣に来ていた。

「ウェー……」

お決まりのウェーイが終わる前に、風野はやってきた女子に押しやられてしまう。

あっという間に白銀は女子に取り囲まれてしまった。

その一人が制服につけた純金飾緒《しょくしょ》に手を伸ばしてくる。

「ねぇ、なにつけてんの？」

「やめろ。これは代々生徒会長に受け継がれる純金――」

制止しようとした白銀の言葉に、女子は余計に目を輝かせた。

「純金⁉　重っ」

「おい、触るなって……」

そんな白銀を見ながら、早坂は虚空《こくう》に文句をつぶやいていた。

「こんな性欲にまみれた群れに私を放り込むなんて……。本当に薄情者」

そして彼女は、どうして自分がこのような場所に来ることになったのか、その理由を回想した。


白銀が合コンに行くという情報をかぐやに伝えると、彼女は思いもよらぬ命令を早坂にくだしたのだった。

「私が行くんですか⁉」

「そうよ。とにかく、会長が他の女になにかされないように早坂がガードするの」

しれっと夕飯の買い出しでも頼むみたいにかぐやが言う。

かぐやの危機感を煽《あお》ったのは確かに早坂だが、まさか自分が合コンに送り込まれるとまでは思わなかった。

白銀が別の女とくっつく可能性をそうまでして排除したいのだろう。かぐやのその心意気は買うが、なにも早坂に行かせなくてもいいだろうに。

ふと、早坂は疑問を持った。

「でも、もし会長が私を好きになったらどうするんですか？」

早坂は白銀に恋愛感情はない。たとえ合コンに参加したとしても、白銀とどうこうなるつもりなんて一切ない。だが、かぐやにとってはどうだろうか？

自分はそこまで信用されているのか。あるいは――

「バカね。落とせるものなら落としてみなさい」

――私にも落とせないのに、あなたなんかにできるはずないでしょ？

そんなかぐやの心の声が聞こえた気がして、早坂は少しだけ意地悪してやりたくなった。

そして早坂愛《あい》は、なぜ自分がここにいるのかを完全に思い出した。

変装のためにかけていたメガネを外す。

「……」

無言のまますっくと立ちあがると、三つ編みにしたおさげが勢いよく揺れた。

早坂は迷いない足取りで白銀のもとへ行き、そして、

「御行《みゆき》くん、久しぶり」

と、近くにいた女子を押しのけて白銀の隣に座る。

有無を言わせぬ行動だった。

「ああ……」

白銀は戸惑っているような、けれど知り合いがやってきてくれたことに安堵《あんど》しているような声で言う。

早坂の登場に周囲の女子たちは「なにこの女」「うざ」と悪態をつきながらも、その場から離れていく。

「……」

まったく相手にならない。かぐや専属の付き人である早坂に、そこらの女子高校生が太刀《た》打《ち》ちできるはずはないのだ。

すかさず、風野が早坂の隣に座った。

「わかる。マジ、激おこぷんぷん丸っしょ」

「ぷんぷん丸……?」

思わず早坂は聞き返した。

数年前に流行《はや》った単語を、まさか今さら耳にすることがあるとは思っていなかった。

「チョベリバ的な？」

「ちょべりば……？」

「からの？」

「はい？」

「ウェーイ！」

元気よく風野は早坂の肩を抱き寄せた。

まったくノリについていけない。なにが面白いのかちっともわからない。

「寒い……寒すぎる……」

「ん？」

耐えきれないように早坂はパッと立ちあがって、白銀の腕を掴《つか》んだ。

「ここは物凄《ものすご》い寒いので出ましょう」

「お、おい？」

白銀は抗議の声を上げたが、手を引かれるままについてきてくれた。

■■■

カラオケ店の屋上では、かぐやがヤキモキと連絡を待っている。

適宜《てきぎ》連絡を入れるようにと早坂には指示をしていたのだが、彼女が入室してから一向に報告はなかった。

その場を行ったり来たりしながら、かぐやは待った。

「……」

しばらくすると、早坂の声がイヤフォンから聞こえてきた。

『かぐや様。今、会長と部屋を出ました』


早坂は女子トイレの鏡の前でリップグロスを塗り、三つ編みにしていた髪をほどいた。さらに普段よりも髪にボリューム感を出してギャルっぽさを演出する。

早坂が準備を終えると、ほっとしたようなかぐやの声がイヤフォンから聞こえてきた。

『そう、よかったわ……。ご苦労様』

安堵しきったかぐやの声を聞き、早坂のなかの意地悪な部分が刺激された。

綺麗《きれい》なトイレ。ドアの隙間《すきま》から漏れ聞こえる誰かの歌声。なぜ自分はここにいるのか。

早坂は言う。

「でも、かぐや様の指令はまだ終わっていません」

『え？　なに？』

不思議そうなかぐやの声に早坂はぞくりと背中がくすぐられるような気分になった。

なにも知らない子供にサンタクロースの正体を教えると言ったら、こんな気持ちになるのだろうか。

「会長を落とせるものなら落としてみなさいって言ったじゃないですか？」

早坂が言うと、かぐやは少しの間、それが理解できないようだった。

『は……早坂？』

主《あるじ》の疑問を無視して、早坂はトイレから出る。

廊下には手持ち無沙汰《ぶさた》そうにしながらも、言われたとおりに白銀が待っていてくれた。

早坂はこっそりと彼までの距離を測った。

「大丈夫か？」

心配そうな白銀。失敗する要素なんてこれっぽっちもない。

早坂は脳内で何度もシミュレートした動作でふらつき、白銀にしなだれかかった。

「……」

「おい？」

白銀に優しく肩を揺すられながら、早坂は具合悪そうな声を作る。

「急にめまいが……」

そう言いながら早坂は強引に白銀を近くの部屋へと誘導する。

「え？　おい？　大丈夫なのか？」

混乱する白銀を無視して、早坂はバタンとドアを閉めた。

「？」

カーディガンを脱ぐと、目隠しするようにドアにかける。

そして、早坂は宣言した。

「さあ、始めましょうか……」

その言葉を最後にイヤフォンのマイクをオフにする。

かぐや様、と早坂は心のなかで語りかけた。

――あなたが毎晩悩んで、私に相談して、いろんな策を練って、それでも詰められなかった距離を私はほんの数分でゼロにしましたよ。

恋する少女よ急ぎなさい。

なにせこれから先どうなってしまうのか、早坂にもわからないのだから。

「⁉」

怯《おび》えるような白銀に、早坂はゆっくりと歩み寄った。

■■■

通信が切れたイヤフォンに、かぐやは必死に呼びかけていた。

「ちょっと早坂⁉　返事をして！　早坂！　ま、まさか」

かぐやの脳裏に、乳繰りあっている白銀ペンギンと早坂ペンギンが浮かんだ。

「ダメ！　乳繰りあっちゃダメ！」

かぐやは必死に妄想を振り払いながら階段を駆け下りる。

と同時にガラケーを取り出しコールボタンを押す。

「藤原《ふじわら》さん！　緊急事態よ！」

相手が通話に出ると、かぐやは挨拶《あいさつ》も抜きに用件だけを伝えた。

「――、――」

通話を終える。とにかく今は速度が大事だ。

かぐやはカラオケルームの並ぶドアを睨《にら》みつけ、手近なドアを勢いよく開けた。

室内には、全身をピンク色の服に身を包んだ夫妻がいる。二人ともお互いにカメラを向けていたが、突然ドアが開かれたのでそちらを向いた。

「あっ。すみません」
夫妻はかぐやに向かって同時にシャッターを切った。
(ここじゃない……)
謝罪してすぐにドアを閉める。かぐやは止まらない。
すぐに次のドアへ。
今度は若いカップルがキスしていた。
(ここでもない……)
バタンとドアを閉めるとまた隣のドアへ。
今度は抱きあっているカップルがいる。
それを見て、かぐやの動きが止まった。金髪の男性が、白銀のように見えたのだ。
しかし、よく見れば別人である。すぐにかぐやは気を取り直した。
(ここも違う……!)
ドアを閉めてまた次のドアへ——
と、そのドアには窓を塞《ふさ》ぐようにカーディガンがかけられていた。
かぐやはそのカーディガンについているブローチに見覚えがあった。
「！　早坂の……」

今度は間違いない。

この部屋の中に白銀と早坂がいる。

かぐやは先程まで見てきたカップルたちの様子を思い出して焦燥《しょうそう》に駆られた。

なんとかカーディガンの隙間から室内を覗《のぞ》けないか試したが無理だった。

(どうすれば⁉　鍵はかかっていないのだから、いっそのこと……)

かぐやは思案した。

それから、かぐやは勢いよく部屋に飛び込んで叫ぶ。

「私の会長から離れて！」

今にも早坂にキスしようと顔を近づけていた白銀が、勢いよくかぐやのほうを向くと不思議そうに言う。

「えっ、なに？　私の？」

さらに白銀はかぐやを凝視しながら叫ぶ。

「尾《つ》けてたの⁉」

「あ、いや……」

なんとか言い訳しようとするかぐやだが、それよりも白銀が恐怖の悲鳴を上げるほうが早かった。

「ストーカー？　ストーカーなの⁉」

――と、そこまで想像して、かぐやは必死に首を振った。

（絶対にできないわ！）

どれだけ切羽詰まった状況でも、無策のまま突入することなんかできない。

かぐやはカーディガンで目隠しされたドアを目の前にして、考えることしかできないでいた。

カーディガンの向こうを覗こうとしても、まったく中の様子がうかがえない。

なにかないか。なにかいい策は――と周囲を見回していると、ドアのガラス窓に反射した自分の姿が目に入る。

（そうだわ！　変装すれば私だってバレないんじゃないかしら⁉）

かぐやは急いで女子トイレに行って着替えた。

素早くコートとサングラスとマスクをつけて、

「これならどう？」

かぐやは鏡を見て、思わず自分につっこんだ。

「……ストーカーじゃない！」

明らかに不審者っぽくなってしまっていた。

すぐにマスクとサングラスを外して、別の服に着替えた。

正体がバレず、しかも捜査をしているのが不自然ではなく、ストーカーと思われない格好――つまり探偵だ。

かぐやは着替え終えると鏡を覗き込み、それから叫んだ。

「ダメ！　これじゃ北条美雲《ほうじょうみくも》どす！」

つい京都弁になっていた。

探偵を目指しすぎたあまり、ある名探偵一家の孫のようになってしまっていた。だが、かぐやは決してルパンの娘を追いたいわけではない。

「どうしよう……どうすれば……」

しばらくその場で考えていたが妙案が浮かばなかったので、かぐやは元の格好で早坂のカーディガンがかかっている部屋の前まで戻った。

相変わらず、中の様子はうかがえない。せめて音だけでも聞こえないかとドアに頭をつけるようにしてかぐやは聞き耳を立てた。

「もうダメ……これ以上は……」

「⁉」

くぐもった早坂の声に、かぐやは飛び上がりそうなほど驚いた。

「お前が言い出したことだぞ。満足するまでつきあってもらうからな」

「！」

続いて聞こえた白銀の声に、かぐやは目の前がさあっと真っ白になる。

「お願い……本当にもうやめて！　壊れちゃう！」

悲鳴のような早坂の声。

かぐやはわなわなと震えた。

「お、遅かった……？」

間に合わなかったのだろうか。いったい部屋の中で早坂はどんなことになってしまっているのか。

ぐるぐると不安が渦《うず》巻いたままかぐやが動けないでいると、ガチャリと室内からドアノブが回った。

ほとんどなにも考えられない状態で、とっさに隠れられたのは幸運だった。

かぐやはすべてを捨てて逃げ出したかった。だから反射的に体が動いたのかもしれない。

「あ～、スッキリした。トイレから戻ったら二回戦だぞ」

部屋から出てきた白銀はかぐやに気づかずにトイレに向かっていった。かぐやもこのままどこかへ走り出したかったが、そうもいかないことに気づいた。

部屋の中には早坂がいるはずだ。やめてと叫んでいた早坂の声が耳にこびりついている。

かぐやは部屋に駆け込んだ。

「⁉」

するとそこには、ソファーの上に倒れこんで小刻みに震えている早坂の姿があった。

かぐやは信じられなかった。いつもすました顔をしてかぐやに的確な助言と鋭すぎるつっこみを入れているクールな付き人の姿はそこにはない。

男に欲望の限りをぶつけられて、身を打ち震わせるか弱い少女の姿がそこにあった。

「早坂！」

「か……かぐや様……」

かぐやの姿を見つけると、早坂が震える手を伸ばしてきた。その手を握り締めながらかぐやは訊いた。

「早坂⁉　なにがあったの？　会長になにをされたの⁉」

「なまこ……」

「なまこ⁉　え？　どういうこと？」

なまこ。早坂の言うなまことは漢字で海の鼠《ねずみ》と書く、あのぬめぬめした海洋生物だろうか。なぜそんな言葉が早坂の口から？

なまこの意味を考え続けるかぐやだったが、早坂の口から次に出てきたのはなまこの説明ではなかった。

「会長……」

「会長が⁉　なんなの⁉」

「へ、下手すぎて……ふ、ふ、震えが……止まらない……」

「下手⁉」

なぜかかぐやはショックを受けた。え、会長って下手なの？

それは、なんというか――すごく嫌だ。

「会長……死ぬほど……下手くそでした……」

「そ、そんなに……下手なの⁉」

あのクールな早坂がこんなに消耗するほど下手なのか。

だが、早坂の言葉はこれまでのかぐやの妄想をすべてぶち壊した。

「う、歌が……」

「歌⁉　歌の話だったの……？」

よくよく見れば、早坂の衣服は乱れてもいなかった。ヘアスタイルが少し崩れている気がしたが、それは下手な歌を聴いてのたうち回ったせいなのかもしれない。

「……なまこの内臓のような……歌でした……」

最後にそれだけ言い残して、早坂はがっくりと気絶してしまった。

「早坂！」

意識を失った早坂を抱きかかえていると、のんきな声が飛び込んできた。

「お待たせしました～！」

先程、かぐやが呼び出した藤原だった。緊急事態だとかなんとか言って来てもらったのだ。

どんなにシリアスな事態でも、藤原を投入すればぶち壊してくれることをかぐやはこれまでの経験から知っていた。

もしも早坂と白銀が乳繰りあっていたとしたら、元気にその場に乱入して台無しにしてくれたことだろう。

かぐやは藤原に構わず早坂の救助を優先することにした。

「早坂、立てる？　私に掴まって」

早坂の肩を抱いているかぐやを、藤原が不思議そうに見る。

「ん？　どうしたんですか？」

「ごめんね、藤原さん……」

「え？」

突然呼び出され、突然謝られた藤原はきょとんとするしかない。

「なまこの内臓のようなので、くれぐれも気をつけて」

かぐやはそれだけ言うと、早坂に肩を貸したまま部屋から出ていった。

フラフラした足取りだが、早坂はなんとか歩けるようだった。意識は朦朧《もうろう》としているみたいだが、この場にとどまっていたら再びなまこの内臓を聴かされるはめになると理解しているのかもしれない。

「えっ、なまこ？　って、なに？　ちょっと？　かぐやさん？」

戸惑うような藤原の声を聞きながら、かぐやはもう一度心のなかで謝った。

藤原がぽつんと突っ立っていると、出ていったかぐやたちとは入れ違いに白銀が部屋に戻ってくる。

「藤原書記？　来てたのか？」

「え、あ、はい……」

なぜ来たのかなんて、白銀はそんなつまらない質問はしなかった。

彼にはもっと大事なことがあるのだから。

「やっと声のピッチが上がってきたとこだ。一曲歌おう」

白銀が選曲を済ませると、室内に有名なアニメ映画の主題歌が流れ始めた。その曲を白銀はノリノリで歌う。

多忙な生徒会長業務をこなしながら、さらにバイトを掛け持ちするほどの苦学生である白銀は、友達とカラオケなんてめったに来ない。クラスメイトはもちろん、生徒会メンバーでだって来たことはないのだ。

普段ではめったにない出来事に、白銀は浮かれまくった。

その後もひたすら白銀は歌い続け、それを聴かされた藤原はあまりのショックにソファーに倒れてしまった。

横たわった藤原は半ば意識を失い、白目をむいたままピクピクと跳ね続ける。

白銀リサイタルはいつまでも、いつまでも続いた。

第3話

秀知院は体育祭

石上《いしがみ》は悩んでいた。

応援団の方針により、女子の制服をどうにかして入手しなければならなくなった。

誰かから借りてこいと風野《かぜの》は気軽に言ってくれたが、そんなことができれば青春へイトなどやっていない。

リア充って異性と制服とかほいほい貸し借りできるのだろうか。怖すぎる。

中庭のベンチにぽつんと座りながら、石上は考え続けた。

クラスメイトの女子に借りるなんて論外だ。

石上とは目を合わせただけで涙ぐむような連中なのに、制服を貸してくれなどと言えば冗談抜きで訴訟沙汰《そしょうざた》になりかねない。

となると、可能性があるのは生徒会メンバーだ。

「どうしよう……。誰に制服を借りれば。伊井野《いいの》は？」

シミュレーションしてみる。

中学生の頃はほとんど毎日、教室にテロリストが乱入してくることを想像していた石上である。想像力には自信があった。

たとえば、伊井野に制服を貸してくれと頼んだら――

『いやよ。二度と着れなくなるじゃない』

想像のなかで、伊井野は冷たく言い放った。

「これは当然として……。藤原《ふじわら》先輩が一番望みあるけど」

たとえば、藤原に制服を貸してくれと頼んだら――

『絶対変なことに使う気でしょ。誰もいない生徒会室で一人でこそこそ、ちょめちょめし《ピー》て、ちょめちょめ《ピー》したら、ちょめちょめ《ピー》になって』

その目に強い好奇心を宿した藤原の顔を想像し、石上は打ちのめされた。

「きっつ。てことは残るは……四宮《しのみや》先輩……」

たとえば、かぐやに制服を貸してくれと頼んだら――

『……』

無言だった。

想像のなかのかぐやは無言のまま、まるで石上を刺し殺すかのような鋭い眼光で睨《にら》みつけてくるのだった。

「無理無理無理。絶対殺される。やっぱ辞退したほうが――」

想像上ですらショック死しそうなのだ。さすがにこれは逃げたほうがいいと石上が思い始めた頃、急に声をかけられた。

「私がどうかした？」

かぐやだった。心臓が止まるかと思う。

石上はとっさに立ちあがり、頭を下げた。

「！　す、すみませんでした！」

「待って。なんで逃げるの？」

その場から離れようとした石上だが、なにかに引っ張られてつんのめってしまう。彼のリュックが、かぐやに摑《つか》まれていた。

「……」

――あ、死んだ。

石上は心の底からそう思った。

■■■

石上が悩んでいたのと時を同じくして。

生徒会室にも悩める一人の少女がいた。

「もう生徒会を辞めようかと思ってるんです……」

深刻そうに伊井野がそう切り出す。

藤原は心配そうに問いかけた。

「どうして？　やっと憧れの生徒会に入れたのに」

「生徒会に入れたことは本当に嬉《うれ》しかったです……。でも、私が憧れていた生徒会っていうのは全然違うんです！」

語っているうちに感情が高ぶってしまったのか、後半はほとんど叫ぶような伊井野の言葉だった。

藤原は、幼子《おさなご》をあやすような口調で、ゆったりと尋ねる。

「違うって？　どう違うの？」

「私が憧れていたのは……」

そして、妄想・伊井野劇場が幕を開ける。

「会長。今月の会計監査が終わりました」

伊井野が書類を差し出すと、白銀《しろがね》は氷のような視線でそれをざっと眺め、手を翻《ひるがえ》した。

ばっと空中に書類が舞う。

「全然ダメだ。この程度の仕事もまともにできないのか！　この生徒会に無能は不要だ」

——徹底した実力主義。


「不純異性交遊だと？」

「はい。この二人が学内で口づけを」

白銀とかぐやの視線の先にいるのは、うつむいている柏木《かしわぎ》と翼《つばさ》だった。

翼は真面目《まじめ》な感じの男子生徒だったが、柏木とつきあうようになってどんどんとチャラくなっていった。不純異性交遊が生徒に悪影響を及ぼす実例のような存在だった。

そんな二人を白銀は睨みつける。

生徒会長の圧力に負けて、うら若きカップルは震えてしまっている。白銀は彼らに対して冷たく吐き捨てた。

「二人とも退学だ」

「！」

抗議するように柏木と翼は白銀を見るが、かぐやがすかさず言い放った。

「腐《くさ》ったミカンは早めに処分するに限ります」

——冷酷無比なリアリスト集団。

囚人服を着てゼッケンをつけられた柏木と翼が項垂《うなだ》れている。翼のゼッケンには「退学」、柏木のゼッケンには「処分」と書かれている。

生徒会室からとぼとぼと出ていく二人を見送りながら、一人の女生徒が冷たい枷《かせ》を手に取る。

藤原が自《みずか》らの腕に手錠をはめ、涙を流しながら決意を口にした。

「柏木さんは友達だから……罪を一緒に背負いたいの」

——涙を流す天使。

そして、ついに伊井野が白銀の前に立ちはだかる。

「全校生徒の署名を集めてきます！　だからどうか、退学処分だけは考え直してください！」

伊井野は頭を下げると、一心不乱に走り出す。

「泥臭くスマートでないやり方だ。だが……」

白銀たちは、走り去る伊井野の後ろ姿をまぶしそうに眺めている。

「新しい風か……」

「私たちに足りなかったのはもしかして……」

かぐやは、なにか大事なものに気づいたように胸に手を当てた。

——少しずつ変わり始めた生徒会……。


と、伊井野は語り終えて藤原を見た。

「みたいな感じだったんです！」

藤原はなんとも感想を言いがたい話を聞かされたという顔をしていたが、やがてにっこりと笑って、

「……想像力が豊かなのはいいけど、そのストーリーに石上くんも入れてあげてね」

「石上のことなんて考えるだけ人生の損失です」

伊井野の言葉にきょとんと藤原は首を傾《かし》げた。

伊井野とは短いつきあいだが、正義感が強くてちょっと暴走しがちな子だということは理解していた。それでも、ここまで特定の個人を悪し様《あざま》に言う理由がわからない。

「なんでそんなに石上くんを嫌うの？」

「あんなひどい暴力事件起こして。人として終わってます」

「暴力事件？」

「一年なら全員知ってます。石上が非道な男だって」

伊井野は、つぶやいてまだ記憶に鮮明に残るそのときのことを思い出していた。

——教室である男子生徒に馬乗りになっている石上。

伊井野は、他の野次馬と同じようにその光景を目撃したのだ。

「……」

苦々しい記憶を思い出し、伊井野は耐えるような表情で唇を噛《か》んだ。

■■■

「なるほどね。それで女子の制服を借りたいのね」

「はい……」

かぐやの詰問に耐えきれず、石上は正直に事情を説明した。

これからやってくるであろう地獄《じごく》のような時間を想像し、石上の視線は自然と落ちていく。しょんぼりと項垂れる石上だったが、かぐやからの返答は予想もしていないものだった。

「わかりました。私の制服でよければ貸します」

「えっ！　いいんですか⁉」

「後輩が困っているんですから仕方ありません」

思わず見上げると、呆《あき》れたようなかぐやの顔がそこにある。普段の石上であれば、そんな表情を見れば「制服を貸してくれる友達がいないことを呆れられているんだ！」と自己嫌悪に陥《おちい》るはずだが、今は遭難者が船を見つけたような気分である。

地獄に仏《ほとけ》。応援団に四宮かぐや。

石上は頭《こうべ》を垂れて感謝を捧《ささ》げた。

「四宮先輩。マジ卍《まんじ》っす」

「それ、意味わかって使ってるの？」

「いいえ……」

「物凄《ものすご》く古いから使わないほうがいいと思う」

「はい……」

心に染みる忠告だった。

かぐやは不思議そうに首を傾げた。

「それにしても、なんで応援団なんてやることになったの？」

「会長がやってみろって……」

「会長が⁉」

あまりにも意外な理由に、かぐやは思わず声を荒らげた。

「やるぐらいなら死ぬって言ったんですけど、死ぬ気になればなんだってできるだろって……」

恥じるように目をそらす石上を見て、かぐやの胸にふつふつと怒りが湧き上がった。

■■■

夕焼けに赤く染まった屋上で、白銀がソーラン節の練習をしていた。

一心不乱に踊っていると、ふと近くに誰かがやってくる。

白銀がそちらを向くと、かぐやが少し離れたベンチに座っていた。

「四宮？」

「応援団なんて石上くんには荷が重すぎます！」

開口一番、かぐやはそう叫んだ。

白銀には、少しだけそれが意外だった。

かぐやが後輩として石上のことを大事に思っているのは知っている。それでも、こんなふうに意見をぶつけられるとは思わなかった。

「いや、俺は石上のことを思って――」

「会長はあの事件のこと忘れたんですか⁉」

白銀の説明を遮《さえぎ》って言うかぐやに、ちょっとだけ心がささくれ立つ。

石上のことで、そんなに怒るんだな――

意志の強い瞳が自分に向けられているのを見て、つい嫉妬《しっと》してしまう。

だから、白銀は素っ気ない口調で、

「心配しすぎなんだよ、四宮は」

「！　私が悪いって言うんですか⁉」

「そうは言ってない」

かぐやの発言は飛躍しすぎだ。ただ、もう少し白銀の判断を信じてほしいと言いたいだけなのに。

「なによ、偉そうに……」

「？」

「自分は交流会とか嘘《うそ》までついて合コンを楽しんだくせして……」

「！　いや、それは……」

「最低です」

白銀に言い訳する間も与えず、かぐやは背中を向けた。

「おい？　四宮⁉」

白銀は引き止めるように手を伸ばしたが、かぐやは振り向きもせずに立ち去ってしまった。

屋上にぽつんと残された白銀は、空を切った自分の手をいつまでも見つめていた。


白銀と別れてから、かぐやは教室へと向かった。

自然と、あの事件のことを思い出していた。

石上がまだ生徒会に入る前のことだ。

記憶のなかの石上は、いつもひとりぼっちだった。誰もいない教室の風景は、あの頃の石上がまとっていた雰囲気によく似ている。

「……」

かぐやは、しばらくの間、物思いに耽《ふけ》っていた。

■■■

その日、秀知院《しゅうちいん》のグラウンドにはのぼり旗が何本も立てられ、各所に立て看板が置かれた。

「ヘイ、ヘイ、ヘイ、ヘイ、ヘーイ！　みんなで体育祭、盛り上げちゃってくれますかぁ～！」

白銀が朝礼台の上から生徒たちに呼びかけると、ノリのいい声がすぐに返ってきた。

「イェーイ！」

白銀はその熱狂を受けながら、ちらりと一年生の列を見た。

少しだけ元気のなさそうな石上がそこにいる。

しかし彼のことだけを気にかけているわけにもいかない。なにせ全校生徒が参加する大イベントが始まったのだ。

――体育祭。

誰もが学生時代の思い出の一つとして刻む青春の一ページ。

生徒会長である白銀は、ソーラン節を踊った。

先の生徒会選挙の際も、とある事情から全校生徒の前でソーラン節を披露した白銀である。そのときは失笑の的となってしまったが、今は違う。

今も周囲の生徒たちは、白銀のソーラン節を笑顔で見つめているが、その笑いは選挙のときの馬鹿《ばか》にするようなものではなかった。

生徒たちが見守るなか、白銀が必死に踊り続けている。

――ほとばしる汗。


伝統を尊重しつつも生徒たちの自主性を重んじる秀知院学園には、他校ではなかなか見られない競技も存在している。

パン食い競争である。

もちろん、それだけならば珍しくもなんともない。秀知院学園体育祭のパン食い競争は、出走者が水着で走ることが義務づけられているのだ。

生徒会からは藤原がエントリーした。

上半身は目にもまぶしいビキニ、下半身は健康的なホットパンツの藤原は、他の生徒たちの注目を集めていた。

つきささる周囲の視線にも気づかない様子で、藤原はぷるぷると震えるパンをジャンプして口でくわえようとする。

ぷるぷる、ぷるぷるといろんなところが震えている。

――弾《はじ》ける胸の鼓動《こどう》。


レースに参加する他の男子生徒は上半身裸でトランクスタイプの水着を穿《は》いているのに対し、風野だけはふんどし姿だった。赤いふんどし――通称赤ふん。

風野がジャンプするたびにふんどしがひらひらと揺れた。だがそんなこと風野は気にしていなかった。彼が気にしているのは隣のコースの藤原だ。

ジャンプする藤原にあわせて風野の視線は上下に揺れる、揺れる。

揺れすぎて着地を失敗し、風野は足を挫《くじ》いてしまった。

――熱き男たちの視線。


激痛にもだえながら、風野は後悔していた。

まだまだ体育祭は始まったばかりだ。

これから男女の制服を入れ替えた応援合戦や、リレーという大舞台も残っている。なんとかしなければならないと思っているのに、風野はどうしても立ちあがることができなかった。

担架《たんか》に乗って保健室へと運ばれる途中、やりきれない風野の叫び声が校庭に響く。

「マジかー！」

――運ばれる男！

そのなか、この男は一人、戦っていた！

■■■

応援団の部室で、石上は女子生徒の制服に身を包み、髪を梳《と》かされていた。

柔らかな手つきがくすぐったく、普段の石上ならばついニヤついてしまいそうなものだが、今はそんな余裕はない。

石上は不安で逃げ出したくなるのを、なんとか堪《こら》えていた。

恐る恐る鏡を見ると、その不安の元凶が石上のことをじっと睨んでいる。

鏡の中にいるのは、どう見ても男だ。女子生徒の制服に身を包んで、うっすら化粧をした男でしかない。

赤組の鉢巻をリボン代わりにしているのも気になった。

思わず石上は訊《き》いてしまった。

「だ、大丈夫ですか……これ……？」

「大丈夫だって。結構似合ってるよ」

安心させるようにつばめが言う。その声にかぶせるように、スピーカーから校内放送が流れた。

『続いてのプログラムは、白組と赤組による応援合戦です。白熱する応援にぜひ注目してください』

つばめは手を差し出して、石上を立ちあがらせる。

「さあ、行こう」

その手の温もりに抗《あらが》いきれず、石上は校庭へと向かった。

校庭では、応援団を見てちょっとした騒ぎが起きていた。

女装した風野たちを女子生徒たちが取り囲むようにしている。

「団長、カワイイー！」

「ウェーイ……！」

ちやほやされて嬉しそうにする風野だが、ふいに痛みを堪えるような顔をした。先程挫いた足には包帯が巻かれている。

そんな様子をかぐやたちは遠巻きに見ていた。

生徒会にはイベント用テントが貸し出され、専用の観覧席が割り当てられている。かぐやが『生徒会席』と張り紙をされたスペースから生徒たちを眺めていると、ついに目的の人物が姿を現した。

かぐやが貸した制服に身を包んだ石上が、つばめに手を引かれながら校庭にやってきたのだ。

「石上くんが来た……」

「え、可愛《かわい》い！」

藤原の感想は決してお世辞ではない。

石上の姿を見て、かぐやも満足した。あれならば制服を貸したかいがある。

ちらりとかぐやは石上の隣にいるつばめを見た。彼女が石上の着替えを手伝ってやったのだろうか。

「……」

一方で、白銀は無言のまま石上の姿を見つめていた。

服は鎧《よろい》だ。

人間は衣服を身につけ、髪型を変えることで周囲と自分の境界を明確にする。石上が普段は前髪を伸ばし、ヘッドホンを手放さないのは、他人を拒絶しているからだ。

見たくないものは見ないし、聞きたくない言葉は耳に入れない。だから、お前らも同じようにしろ。

——僕のことを見るな、僕なんか無視しろ。

それが石上の学校生活における基本スタンスだった。

だけど今日はそれが許されない。

「……」

周囲の視線がつきささる。

石上を見て露骨に眉をひそめる女子生徒がいる。

楽しい体育祭に、なんでお前みたいなのがいるのか。参加するだけでなく、どうして目立とうとしているのか——そんなふうに責める声が、本当に聞こえてくるようだった。

心配そうにつばめが声をかける。

「石上くん、大丈夫……？」

大丈夫ではなかった。

つばめの声に勇気をもらって顔を上げた石上だったが、周囲の視線が矢のようにつきささった。それだけで、石上の心はぽっきりと折れてしまう。

「！……」

石上はとうとう我慢しきれずその場から逃げ出してしまった。


生徒会席からそれを見ていた藤原はつい声を上げた。

「あっ……」

「なにやってんのよ、あいつ……」

伊井野が毒づいた。彼女からすれば自分から応援団に入ったくせに本番で逃げ出した石上のことを無責任だと考えているのだろう。

だがかぐやはそれが石上の意志ではないことを知っている。石上は、強制されて応援団に入らされたのだ。

かぐやは、それを強《し》いた張本人を睨みつけて、石上を追いかけた。

「……」

白銀は、かぐやに睨まれてもなにも言わないまま、黙って石上が去った方向を見つめ続けていた。

■■■

かぐやと石上は校庭から離れて校舎の近くまでやってきていた。

同じ学校の敷地内だが、校庭から聞こえてくる声援は既《すで》に遠いものになっている。

体操着に着替えた石上は、彼なりにきれいに畳んだ制服をかぐやに返した。

「すみません……。せっかく制服貸してもらったのに……」

「いいのよ。よくここまで頑張ったわ……」

かぐやの声色《こわいろ》はいつになく柔らかかった。

その優しさが、石上を余計に苦しめた。

本当にかぐやは気にしていないのだろう。

四宮かぐやは他人に厳しいが、その厳しさは結果が伴《ともな》わなかったことではなく、努力の欠如《けつじょ》に向けられることを石上は知っている。

石上は、かぐやに努力を認められたのだ。その気持ちは素直に嬉しい。

だが同時にもう一人に対して――石上のことを思って行動してくれた人に対して、顔向けできない気になってしまう。

「いえ……。会長に……本当申し訳なくて……」

「会長に？」

驚いたようなかぐやの声。彼女の目を見られないまま、石上はうなずいた。

「はい……」

「だって、無理やりやらされたんでしょ？」

かぐやの声にはどこか白銀を責めるような響きがあった。なにか誤解があるのかもしれないと石上はすぐに気づいた。

「いえ。会長は僕を思って……」

そして、石上はあの日のことを語り始めた。

体育祭がくだらないと白銀に愚痴《ぐち》を零《こぼ》し、憂鬱《ゆううつ》な気分をそのまま口にしてしまったあの日のことを――

「あぁほんと……全員死なねーかな……」

ため息と共にその言葉を吐き出した石上は、ようやく周囲の視線に気がついた。

数人の生徒たちが、まるで危ない人を見るように遠巻きに石上のことを見つめている。

「！」

視線から逃れるように石上はそそくさと立ち去ってしまう。

白銀は――思わず石上を引き止めていた。

「⁉」

「石上」

「はい？」

驚く石上に、白銀は一つの疑問を投げかける。

「お前はこの先の学園生活、そのままでいいと思ってるのか？」

「え？」

「ずっと青春ヘイトしていたいなら、俺はなにも言わない」

じっと目を見つめていると、石上の視線が不安そうに泳いだ。

もしも石上が本当に孤独を愛し、生徒会のような限られたメンバーとだけ交流していれば満足というのならばそれでもいい。

もしそうならば、白銀はこれ以上なにも言うつもりはなかった。

「いや、そりゃ僕だって……」

「そうか……」

石上は、本当は変わりたいと考えている――白銀はそのことをはっきりと理解した。

そんなときだった。風野たち応援団員たちが通りすがるのを見かけた。

「だったら石上、応援団やってみないか？」

それはとっさの思いつきだった。石上もなにを言っているのかわからないという顔をしている。

だが、悪くない考えのはずだ。風野をはじめとして応援団のメンバーは知っている。真剣に頼めばきっと断らないはずだ。

「俺が団長に推薦《すいせん》してやるから」

そう言うや否《いな》や白銀は、石上が止める間もなく応援団の群れに突撃していった。

大挙して押し寄せてくる団員たちをかき分けるようにして、なんとか最後尾にいた風野の顔が見えるようになると白銀は言った。

「風野さん、急なお願いで恐縮ですが、石上を応援団に入れてくれませんか……？」

「石上？」

値踏みするような風野の視線にさらされ、石上は目を伏せる。

きっと断られるだろうと思っていると、風野はあっさりと言った。

「いいよ」

「はやっ」

思わず頼んだ白銀さえも驚く即答だった。だが、それには条件があった。

にこりと笑いながら、風野は白銀の肩を叩いた。

「お前が今日合コン来てくれんなら」

「合コン⁉」


……と。それが、石上が応援団に入ったいきさつだった。

「僕を応援団に入れる代わりに、会長は合コンに参加させられる羽目になって……」

「！　そうだったんですか。私、会長にひどいことを……」

これまでの違和感がすべて氷解していくようだった。思えば、白銀が合コンなどというハレンチなものに好き好んで参加するはずはなかったのだ。

パズルのピースがすべてきれいにハマったようだった。

と、遠くから呼びかける声があった。

「石上くん！」

かぐやと石上が振り向くと、そこには駆け寄ってくるつばめの姿があった。

息も整わぬまま、つばめは説明する。

「団長がね、足痛すぎてリレー無理だから代わりに石上くんが走ってくれないかって」

「石上くんが⁉」

「！　む、無理だよそんなの……」

思わずかぐやが叫び、石上が敬語を忘れるほどの衝撃だった。

応援団長の代役ならば、ただリレーに参加すればいいというものではない。

アンカーだ。勝敗に直結する、最も重要なポジションを自分のような嫌われ者が担《にな》っていいはずはない、と石上は必死に首を振った。

つばめは、言い聞かせるように、

「中等部のとき、足速かったんでしょ？」

「……」

石上は呆然《ぼうぜん》と固まってしまっている。

つばめの顔を見ながら、どう返事したらよいのかわからない。

『いよいよ最後のプログラムです。皆さんお待ちかねの団体対抗リレー。大きな声援をお願いします』

スピーカーから流れるアナウンスと、校庭から聞こえてくる一際大きな歓声と、そしてなによりも、つばめから頼られているという事実が石上をせき立てる。

「お願い！」

つばめは動かない石上の手を引いた。

抵抗しようと思えばいくらでもそうすることができた。

理性では、自分が走ることで余計に周囲に迷惑をかけてしまうとわかっていた。

それでも、石上は彼女についていくしかなかった。

「……」

かぐやは、不安な面持《おもも》ちで義理堅い後輩の背中を見送っていた。

■■■

校庭のど真ん中に、石灰《せっかい》で描かれたサークル。

他のレース参加者が準備運動しつつ順番を待っているなか、石上は一人だけぽつんと体育座りをしていた。

「……」

なぜ自分がここにいるのかわからなくなっていた。

真っ白になってしまった頭のまま、石上は処刑台に上ったような気分でピストルの音を待っている。


応援席に座る生徒たちも、ようやく異変に気がついた。

「え？　アンカー石上なの？　最悪じゃん」

「アンカー石上とかマジ下がる」

「勘弁してよ。なんであいつなの」

口さがなく罵《ののし》り、隣の者と目配せし、不満を表明する。

そこには遠慮も弁護もない。なにせ相手は石上なのだ。

暴力事件を起こして、人と関わろうとせず、学校に校則違反のゲームを持ち込む男。白銀の優しさから生徒会に籍をおいているのも、素行の悪さをカバーするために内申点を稼ぎたかったからではないか……。

それが石上という少年への、周囲の評価だった。


生徒会席からは呆然とした石上も、そんな彼に不満を漏らす観客たちの様子も、どちらもよく見ることができた。

「ひどい……。みんなして石上くんのこと……」

藤原が悲しんでいると、伊井野が口をとがらせる。

「自業自得ですよ。あんな事件起こしたんですから」

人一倍正義感の強い伊井野からすれば、石上の行動はとても許容できるものではないのだろう。

——他の生徒が石上を嘲《あざけ》るのはまだわかる。

しかし同じ生徒会メンバーである伊井野までもが彼に冷たい目を向けるのを見て、かぐやはついに我慢できなくなった。

「みんな、石上くんのことを勘違いしてる……」

藤原と伊井野の会話を聞いてしまったかぐやは、つい口を挟んでしまった。そして、本当のことを語る決意をした。

「中等部時代に起きた〝あの事件〟は石上くんが悪いわけじゃありません」

「え？」

驚いたように、二人の視線がかぐやに集まる。

「本当のことは、私と会長だけが知ってる」

「どういうことですか？」

藤原の問いかけに、かぐやは真《ま》っ直《す》ぐ前を向いたまま答えた。

「会長には口止めされていましたが——」

やはり、真実を語るべきだとかぐやは考えた。情報がないからこそ、かぐやも白銀が合コンに参加して遊んでいたと誤解していたのだ。

それとは比べものにならない事情を抱えたまま、石上が誤解され続けるのはこれ以上かぐやには耐えられなかった。

そしてかぐやは語り始めた。

石上の過去の事件に関する真実を——

■■■

——それは、石上が中等部にいた頃の話だ。

当時から変わり者だった石上は、なかなかクラスに馴染《なじ》めずにいた。

放課後の誰もいない教室で、石上が机に頭を乗せてボーッとしていると、声をかけられた。

「石上くん。消しゴム落ちてたよ」

「……ありがとう」

消しゴムを受け取りながら、石上は拾ってくれた相手の顔を見た。

クラスメイトの大友京子《おおともきょうこ》だった。

当時、石上に唯一優しく接してくれたのが彼女だった。

大友京子は全国大会常連の演劇部の花形だった。おまけにさわやかなイケメンで人気者の演劇部部長・荻野《おぎの》コウとつきあっていた。

演劇部が教室で練習をしているのを、石上は見かけたことがある。

ジュリエットに扮《ふん》した京子と、それを優しく見つめるロミオ役の荻野。

石上は彼らに声をかけることもなく、その場を離れた。

——そんなある日、あの事件が起きた。

ゴミ当番だった石上が空のゴミ箱を戻そうと自分の教室に入ろうとすると、中から荻野の声が聞こえてきた。

「大丈夫だって、京子、俺のことカレシだと思ってっから。眠らせたら好きにしていいって」

にやにやと笑いながら、荻野が携帯に向かってそんなことを言っているのだ。

「……」

石上はなにも言わずにその教室に入っていった。

「！　なんだよ、いたのかよ……」

驚いた荻野は慌《あわ》てて誤魔化そうとしたが、石上の表情を見てそれは無駄だと悟った。

「……」

怒りに満ちた石上を前に荻野は開き直ったように言う。

「で、どうするつもり？　チクる？」

「そんなことはやめろ」

石上は強い口調で言ったが、内心ではためらっていた。

もしもこの事件に警察や教師が介入してくるようになれば、大友京子が周囲からどんな扱いを受けるのか想像してしまったのだ。

だからつい、荻野に対して逃げ道を残すような態度を取ってしまった。

荻野は、そんな石上の反応を見て、余裕を取り戻した。

「んー、困ったな。こっちだってもう約束しちゃってるし。あ、そうだ。もっといい和解案あるんだけど」

「？」

石上に顔を近づけ、荻野は言う。

「お前、京子のこと好きなんだろ？」

「は？」

「今日うち来いよ。京子呼んであるから。で、俺が京子を眠らせてやるから、その間にお前は——」

ぼそぼそと荻野が石上に耳打ちした。

それを聞くなり石上の頭は沸騰した。

「やっちゃえよ」

「……！　大友をなんだと思っているんだ？」

「え？」

普段から誰ともつるまず、目立たない男——それがその当時の石上への評価だった。

だから、そんな石上がいきなり摑みかかってくるなんて、荻野は思いもしなかった。

「なんだと思ってるんだ……！」

荻野が反応するよりも早く、石上は彼を殴り倒した。

机や椅子《いす》と共に二人はもつれて床に倒れた。

その騒ぎを聞きつけて、近くにいた生徒たちが集まってきた。

その集団のなかには伊井野の姿もあった。

彼らは石上が荻野に馬乗りになっているところを目撃した。

荻野は口から血を流していて、誰が見ても石上が加害者という状況。

その場には、大友京子も来ていた。

「コウくん……！」

心配そうに自分の名を呼ぶ京子の声を聞いて、荻野は救われたような顔をした。

そして観衆には聞こえないように、そっと石上にだけ耳打ちする。

「ここで手を引くなら、京子にはなにもしないでやる」

「⁉」

「お前が誰かに言えば京子の裸の写真をネットにばら撒《ま》くぞ？」

石上はとっさに反応できなかった。

こんな方法で荻野に京子を人質に取られるなどと、想像さえしていなかったのだ。

「……」

「君がやってることはストーカーだよ」

唐突に荻野がそう叫んだ。

「は？」

「君が京子を好きな気持ちはよく伝わった！　だけど、いくら殴られても僕は彼女と別れない！」

「なに……言ってんだよ……」

それでようやく石上は、荻野の演技の意図に気がついた。

石上が大友京子に横恋慕するあまり、恋人である荻野から力尽くで奪い取ろうとしている——そんな筋書きをこの場にいる生徒たちに信じさせようとしているのだ。

「暴力じゃ愛は勝ち取れないんだ、石上くん！」

荻野のその〝演技〟を、みんなが信じた。

生徒たちが次々に声を上げた。

「きもい」「さすがに引く」「荻野くんかわいそう」「死ねばいいのに」「クズ」「調子乗んなよ」「気持ち悪い」「終わってんな」

石上は反論できなかった。

悪人はここにいる。

だが、それを伝えれば傷つくのは大友京子だ。

「いや……おかしいじゃんかよ！」

石上は真実を口にすることもできず、ただ理不尽を嘆くことしかできなかった。

「……」

生徒たちの視線が石上を責めた。

石上は冷たい沈黙のなかで、溺《おぼ》れそうになっていた。

ふと、石上は自分が助けようとした少女に目を向けた。

「大友？」

石上が救おうとした女の子は、糾弾《きゅうだん》するように彼のことを指差した。

「おかしいのは、あんたよ」

「……」

それで、ようやく石上はすべてを悟った。

もう、なにを言おうと無駄なのだということを。

■■■

「それが、〝あの事件〟の真相」

長い話を語り終えて、かぐやは肩の荷を下ろすように息をついた。

「石上くんにそんなことが……」

「……」

藤原は悲しそうな顔をし、伊井野は険しい表情で石上に視線を向けていた。その目に先程までの悪意はなくなっている。

そのとき、スタートのピストルが鳴ってリレーが始まった。

第一走者が走り始めると、応援の声が校庭を満たした。

熱狂の渦中にあって、石上だけが暗く沈んでいる。

「……」

まるで、その姿は置き去りにされた子供のようで、ちょうどあの日の教室の姿とは正反対だった。

荻野コウを殴った日、石上だけが熱くなって周りの目は冷たかった。今は石上だけが周囲の興奮に馴染めない。

そんな彼を見て、伊井野は胸が締め付けられるようだった。事実を知らなかったとはいえ、石上に冷たく当たってしまったことを悔いていた。

自分だけではない。学校中の人間が石上を誤解しているのだ。

ふと、伊井野は疑問を覚えた。

「でも……そんなことがどうしてわかったんですか？」

「……私も同じ景色を見ていたから」

かぐやは、体育座りをしている石上を見ながら、昔のことを思い出した。

あの頃、立場は違えどかぐやも石上と同じような状況にあったのだ。

(——周りから特別扱いされていた私は孤独だった)

あれは、かぐやが一年生だったある日の放課後のことだ。

迎えに来た車の後部座席に座り、いつものようにぼんやりと外を眺めていた。

友達と楽しそうに帰っている同級生たちが一瞬で後方に流れていく。

かぐやにとっては、どれだけ手を伸ばしても届かない景色。

「……」

信号待ちで車が停《と》まると、近くの公園に一人の男の子がいるのが目に入った。

「？」

中等部の制服を着た男の子が、ベンチにぽつんと座っている。

その姿が、妙にかぐやの目に焼きついて離れなかった。

すぐに信号が青に変わり車が走り始めるが、かぐやは運転席に向かって指示した。

「停めて」

なぜか、あの男の子のことが気になって仕方がない。

一目惚《ぼ》れとか、そういう浮《うわ》ついた気持ちでは断じてない。そうではなく、まるで鏡を見ているような気分になったのだ。

あの男の子は自分と似ている、とかぐやの直感が訴えていた。

「……」

しばらく見ていると、男の子はなにかを丸めて捨て、立ち去っていく。

とぼとぼと歩く後ろ姿は、傍目《はため》から見ても打ちのめされていて、しかし声をかけられることを拒絶していた。

かぐやは彼が捨てたものが気になった。

丸められた紙を拾うと、そこには〝反省文〟とだけ書かれていた。

「……」

きっと最初から書くつもりがなかったわけではなく、どうしてもそこになにを書けばいいのかわからなかったのだろう。

鉛筆で一文字目を書こうとした形跡や、それを何度も消しゴムで消したような跡が見てとれた。

後日、かぐやはその男の子のことを早坂《はやさか》に調べさせた。

情報はすぐに集まった。

かぐやはそれを生徒会室で白銀に話してみた。

するとこんな答えが返ってきた。

「中等部の石上優《ゆう》のことなら知ってるが……暴力事件を起こしたってな」

「ええ。いまだに反省文を出せないでいるようです」

と、かぐやはあの日拾った白紙の反省文を白銀に見せる。

「……」

白銀はそれを受け取るとちらりとだけ見て、それからじっとかぐやを見つめた。

「なにか？」

「いや、意外だと思ってな。四宮かぐやも他人に興味があったんだな」

白銀の言葉に、かぐやも内心で同意した。確かに、どうして会話したこともない下級生のことがこんなに気になるのか不思議だった。

「少し……気になっただけです。白銀会長」

白銀会長――あの頃、かぐやは白銀のことをまだそんなふうによそよそしく呼んでいたのだ。

共に生徒会の仕事をしても、今のように一緒に映画に出かけたり夏祭りに行ったりするなんて考えもしなかった。それどころか、一日に何時間も同じ部屋にいても、目を合わせることさえ稀《まれ》だった。

だからそのとき、白銀と視線が合い、しかもその状態が一秒以上継続したのは、かぐやにとって驚くべきことだった。

「わかった。だったら一緒に調べてみないか」

もっと驚いたことに、かぐやはその白銀の提案を受け入れたのだった。

あの日、かぐやが最初に見かけたのと同じベンチに座って、石上はノートを睨みつけていた。

〝反省文〟とだけ書かれたノートは、最初の数行だけ何度も書き込まれ、それと同じ数だけ消しゴムで消されてボロボロになっている。

石上はそのノートを手にもう何時間も――いや、何日も座っているのだった。

ふてくされているのではなく、なにを書いたらいいのかわからなかった。

停学処分を受けた石上が学校に戻るためには、反省文の提出が義務づけられている。しかしどんな言葉も頭に思い浮かんでこない。

馬鹿なことをしたのはわかっている。荻野にうまくやられた。あの日に戻れたらと毎秒のように願っている。

何度も夢に見る。

そのたびに石上は荻野を殴り、京子になじられ、大勢の生徒たちの冷たい視線にさらされた。

石上には反省すべきことなどなにもない。だが、真実を書くと京子を傷つけることになってしまう。だから、石上は反省文を埋める言葉を見つけることができないでいた。

無為な時間が流れ、どんどんと石上のなかから現実感が失われていく。

だから高等部の見知らぬ二人組の男女がやってきたときも、石上はあまり疑問には思わなかった。

「お前が石上か」

「はい……」

石上はぼんやりと白銀とかぐやを見つめている。

「あの日、お前と荻野コウの間でいったいなにがあったのか調べてみたんだ」

白銀は状況を理解していない石上のために、なぜ自分たちがここにいるのか説明した。

白銀とかぐやは調査の末に、荻野コウが他校の友人たちと遊んでいる現場を目撃したと石上に説明した。

「そこで私たちは、彼の仲間たちから話を聞き出すことにしたんです」


その日、荻野が友人たちとゲームセンターにいるところを見つけると、かぐやは彼が一人になるのをじっと待った。

荻野が友人から離れた場所でクレーンゲームをし始めると、早坂が本人に気づかれないようにそっとバズーカのような形状の特製3D《スリーディー》スキャナーの照準を彼に向けた。

その情報はかぐやのノートパソコンへと転送された。

そして、そこから得た情報を白銀と共有し、次の作戦に出た。

ゲームセンターでたむろしていた男たちは、荻野の顔を見ると挨拶《あいさつ》もなく本題を切り出した。

むき出しの万札を数枚差し出しながら言う。

「約束の金だ」

「で、いつ京子と遊ばせてくれんだよ？」

せっつかれた荻野は、うつむきがちに答える。

「悪い。ダメになった……」

にわかに男たちが色めきだった。

「は？　なんでだよ？　話が違うだろ」

「ああ。確かに〝そういう話〟だったよな？」

怒声交じりの男たちの詰問をのらりくらりとかわしつつ、忘れたふりをして彼らから計画の全貌《ぜんぼう》を聞き出した。

そして、男たちが立ち去っていくと、荻野コウは自らの下顎《あご》に手をかけた。

そのままべろりと顔面を剝ぎ取る。

「……」

そこにいたのは、白銀だった。

四宮グループの最先端技術を用いて、スキャンした画像データから荻野コウそっくりの覆面《ふくめん》をシリコン樹脂《じゅし》で作製したのである。

作戦が無事に済むとかぐやがやってくる。

白銀とかぐやはうなずきあって、作戦の成功を無言のまま喜びあった。

「仲間たちがすべてを話してくれた」

具体的な方法はぼかしたまま、白銀は石上にそう言った。

白銀は極秘と書かれたファイルを石上に手渡す。

「……！」

白銀の説明を聞いても理解が追いつかないという顔をしていた石上は、それに目を通して顔色を変えた。

そこには荻野の目論《もくろ》んだ悪事が、彼の客となる予定だった男たちの証言という形で記録されている。

これを学校に提出すれば、石上の停学はとけるかもしれない。

だが、そんなことを石上は望んでいないと白銀は知っていた。

「お前は大友京子を守るためにすべてをおっかぶった」

石上は不思議そうなものを見る目で、白銀の顔とファイルを見比べていた。

「すべてを暴露すれば、お前は救われたかもしれないのに、それをしなかった」

白銀は石上の目を見つめたまま力強く言う。

「これが、俺たちが導き出した推論だ」

石上はなにも言わない。

「秘密を守ることがお前の戦いなら、俺たちもこのことは誰にも言うつもりはない」

「……」

「だとしたら、お前が書くのは」

石上の手からノートを奪い取るようにすると、白銀はそれになにかを書き殴った。

ノート一面に、大きな文字でこう書いたのだ。

〝うるせえ　バァカ!!〟

「よく耐えたな」

そう言って、白銀は石上の頭を優しくポンと叩いた。

他に言葉などいらなかった。

石上が欲しかったのは、大友京子からの感謝や、周囲からの尊敬、ましてや停学の撤回などではなかった。

石上は自分が間違ってしまったことを知っている。荻野に対する怒りのあまり、暴力に走った。そのことは紛《まぎ》れもない彼の罪だ。それをなかったことにするつもりは微塵《みじん》もない。

ただ、石上は誰かに理解してほしかったのだ。

この世のどこかに――たった一人でもいい、理解してくれる人がいてくれたのなら。

たとえ他のすべての人たちに後ろ指さされようと、きっと耐えられる。

しかし真実を伝えれば、大友京子が傷つくことになってしまう。

そのため彼は生徒指導の教師に対しても事情を説明せず、反省文を書くこともできず、一人ですべてを飲み込んだまま苦しむしかなかった。

「……」

白銀がノートに書いてくれた言葉は、なによりも雄弁に石上の心情を語ってくれていた。

それは紛れもないメッセージだ。

――ぐだぐだ回りくどいことを説明する必要なんてない。それでも、お前のやったことはちゃんとわかっているぞ、と。

白銀は、確かに石上にそう伝えてくれたのだった。

それは石上がずっと願っていたことだった。

石上の両眼から堰《せき》を切ったように涙が溢《あふ》れてきた。

「……」

そんな石上を見て、かぐやは望んだものが得られたことを理解した。

かぐやは、見知らぬ後輩と仲良くなりたかったわけでも、ましてや感謝されたかったわけでもない。

初めて公園で石上を見かけたときから、ずっと心がもやもやしていた。

あの男の子がひとりぼっちでなくなればいいなと、かぐやはそれだけを望んでいたのだ。

泣き崩れる石上と、そんな彼を慰《なぐさ》める白銀を、かぐやはいつまでも見つめていた。

■■■

語り終えたかぐやを、藤原と伊井野は真剣な眼差《まなざ》しで見ていた。

かぐやは校庭の真ん中で座り込んでいる石上を見つめている。

「……」

周囲にたくさんの生徒がいるのに、石上は確かに今、ひとりぼっちだった。

初めて彼を見つけたときのように、かぐやの胸がじくりと痛む。

「……」

だが、かぐやはなにも言わない。

孤独に震えている石上を救うのは、きっと彼女の役目ではないからだ。

じっと待っていると、やがてかぐやの視界の端で誰かが動いた。

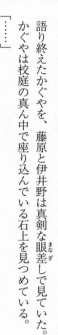

かつて絶望の淵《ふち》から石上を救った男が、沸き立つ生徒たちの合間を縫うように、ゆっくりと石上に近づいていった。


靴が地面を蹴る音。

飛び交う声援。

ぶつぶつとつぶやく声。

「帰りたい……帰りたい……」

石上の口から勝手に本心が零れてしまう。

周囲の生徒がうっとうしそうにちらちら見てきたり、これ見よがしに舌打ちしてくるのがまたそれに拍車をかける。

「アンカーの人、準備して」

教師からそう声をかけられて、石上はハッと気がついた。

「……あれ、鉢巻。鉢巻がない。てか俺、赤組だっけ？　白組？」

混乱した頭では、そんなことさえわからなかった。

自分がなぜここにいるのかも、どうして走らなければならないのかも。

味方にさえ望まれていないのにアンカーという大役を任せられた理由も。

大友京子を救おうとしたのに、当の本人から冷たい目で非難されたことも。

――もう、なにもわからなかった。

と、そのとき、彼を呼ぶ声がした。

「石上」

白銀だった。

白銀はおもむろに自分がしていた鉢巻を取ると、それを石上につけた。

「アンカーが鉢巻してなきゃ締まらないだろ」

「！」

石上は、急に視界が開けるような感覚を味わった。

「周りの目なんて気にするな」

白銀が微笑《ほほえ》みながら、信頼に満ちた瞳で石上を見る。

ふてくされていた心が、奮い立つような気がした。

他の誰の期待を裏切っても、この瞳だけは裏切れない。

「証明してこい。お前はおかしくなんてないってな」

白銀は座り込んでいる石上に手を伸ばす。

石上がその手を摑むと、力強く引き上げられた。

立ちあがった石上に向かって、白銀は言う。

「行ってこい」

「……」

力強くうなずいて、石上はスタート地点へと足を踏み出した。

「そうだ……俺はおかしくない……。証明する。証明してみせる……」

石上はまたぶつぶつと独り言をつぶやいていた。

不快そうな周囲の視線が集まるが、先程までと違ってなにも気にならなかった。

足音が近づいてくる。

赤組の走者に手を伸ばす石上は、バトンを受け取ると走り出した。

「行け……石上！」

白銀の声援を受けて、石上は全力で加速した。


リレーの大詰め、アンカーの番になるとこれまで以上に声援が大きくなった。

石上の前にいるのは三人。

地面を一回蹴るたびに少しずつ差を詰めていく石上に応援の声がかかる。

「頑張って！　石上くん！」

つばめたちが手を振り上げて石上に声をかけていた。その光景を、白銀は感慨《かんがい》深そうに眺めている。

「……」

石上は必死の形相で走り続け、一人抜き去る。

それを見て白銀は思わず叫んでいた。

「いいぞ！　石上！」

石上の足は衰《おとろ》えない。また一人追い抜いた。

「石上くん！　頑張って！」

生徒会席ではかぐやも声を張り上げている。

最後の一人を石上は必死に追いかける。

「あと一人……！　頑張って！」

藤原がまるで自分が走っているみたいに苦しそうな顔で声援を送った。

石上はようやく先頭の背中をとらえ、ついには肩を並べる。

「……頑張れ。頑張れ！　石上‼」

振り絞るようにして伊井野が叫んだ。

白銀が、かぐやが、藤原が、伊井野が、生徒会の誰もが石上に向かって精一杯の声援を送っている。

最後の直線で石上はさらにスピードを上げ、そしてついに――

「……」

ゴールテープが切られる。

ギリギリのところで石上は最後の一人を追い抜けなかった。

スピードを落とし、ゆっくりと周囲を見回すと、前方では白組のアンカーが手を振り上げて喜んでいた。石上は負けたのだった。

「くそ……くそ……」

悔しさが自然と口から零れた。

なによりも勝たなければならない勝負だった。

石上はここで勝って証明しなければならなかったのだ。

自分はおかしくないのだと。

なにがなんでも証明しなければならなかったのに――

「……」

藤原と伊井野は、言葉をかけることもできないという顔をしていた。

「石上くん……」

呆然と石上を見ていたかぐやが、彼を慰めようと駆け寄ろうとしたところ、白銀に制され、その足を止めた。

「？」

真意を問いただすようにかぐやが視線を送ると、白銀は静かに首を振った。

傷ついている石上をフォローしなければならないと考えるかぐやに対して、白銀は「いいから見ていろ」というふうに視線を前に向けている。

白銀たちが見守るなか、石上に駆け寄る生徒がいた。

「石上くん！　惜しかったね！」

つばめが泣きながら、石上に声をかけた。

「子安《こやす》先輩……？」

石上は信じられないものを見るようにつばめを見る。

続いて応援団員たちが駆け寄ってきて、石上に声をかけた。

「石上！　いい走りだったぞ！」

「マジ惜しかったわ！　お前本当はええな」

団員たちに囲まれた石上は、口々にねぎらわれた。

「あんまり気にしないでよ」「ウェーイ、やるじゃん」「気にする必要ねぇぞ」「どんまい、どんまい」「おつかれ、かっこいい！」「鬼ヤバ。見直したぜ！」「石上くん、かっこよかったよ」「イケてるじゃーん」

そんな言葉を聞きながら、石上はこみ上げる気持ちを堪えていた。

「……」

勝って自分の価値を証明しなければならないと思っていた。

負けてしまえば、自分のやってきたことはすべて無駄になると思っていた。

だが、それは間違いだった。

「赤組～。マジ卍！」

「卍！」

風野のかけ声に合わせて、応援団のみなが手で卍ポーズを作った。

この場の誰も石上のことを責めてはいない。それどころか、健闘をたたえてくれている。

――ずっと、陽キャの人たちはいつも楽しそうに笑っていて、その理由がわからないのが石上には嫌だった。

相変わらず彼らがなにを言っているのかは、よくわからない。

でも今は、それがまったく嫌ではなかった。

「……」

恥ずかしさを堪えて、石上も叫んだ。

「マジ卍！」

石上が卍ポーズを取ると、応援団のみんなが歓声を上げた。

「ウェーイ！」

石上は応援団にもみくちゃにされながら、ずっと笑っている。


少し離れた場所から白銀は、こみ上げる気持ちを抑えてずっとそれを見ていた。

「……」

かつて白銀は石上を窮地《きゅうち》から救う手伝いをし、それ以来恩人として慕われてきた。

誤解されることも多いが本当の石上は気がよくて、有能で——そんな後輩に無条件で敬《うやま》われるのは気分が悪いことではなかった。だが、白銀はその役目を独り占めするつもりはなかった。

自分だけが石上の尊敬を受けているのは、間違いなのだ。

石上はもっと広い場所に出ていったほうがいいと常々白銀は思っていた。

大きなことを成し遂げた満足そうな顔で、白銀は微笑んでいた。

そして、そんな白銀の横顔を、かぐやはまぶしそうに見つめている——

第4話

生徒会は進みたい

夜の屋上で、白銀《しろがね》は星空を見上げている。

白銀は天体観測が好きだった。吸い込まれそうな星空を見上げていると、わくわくしながらもどこか安らぐような矛盾《むじゅん》した気持ちになる。

飽きもせず星空を覗《のぞ》く白銀に、遠慮がちな声がかけられた。

「……会長」

「……」

「すみませんでした……。〝最低〟だなんて会長にひどいことを……」

かぐやの声には答えず、白銀は空を見上げたままでいた。

「会長のように、石上《いしがみ》くんの将来のことまで考えてはいませんでした……」

「もういい。それより、四宮《しのみや》も一緒に見ないか?」

「?」

「今夜は月が綺麗《きれい》だ」

暗い夜空に一際大きく輝く月を見ながら、白銀はかぐやを誘う。

だが、かぐやは伏し目がちにそれを断った。

「いいえ。私は……月が嫌いですから」

「？」

「あの場所には、月に連れ戻されたかわいそうな人がいると思うから……」

かぐやがなんの話をしているのか、白銀はすぐに思い当たった。

「平安時代に書かれたかぐや姫の話か」

「ええ……」

「かわいそうな人か……。俺はそうは思わないけどな」

「？」

「かぐや姫のラストはこうだ」

光る竹の中から見つかったかぐや姫は、実は月の世界の住人だった。

彼女は自分がいつか月に連れ戻されることを知っていたが、地球で暮らすうちにある村人と心を通わせる。

「かぐや姫は月に連れ帰される際、愛した男に長生きしてくださいと不死の薬を残す」

村人は、どんな大金持ちでも権力者でも得ることができない不死の薬を手にした。しかし彼の心は満たされない。

「だが、彼女のいない世界で生きながらえるつもりはないと、男が薬を燃やしたという美談で物語は締められる」

白銀はそう語り終えて、ふんと鼻を鳴らした。

「かぐや姫が言った言葉の裏も読めずに、美談めいたことを言って、薬を燃やした。バカな男だ」

「言葉の裏って……？」

「だいたい、あの計算高い女が、相手を想って不死の薬なんて渡すと思うか？」

「？」

「俺はいつも思うよ。あの薬は、『いつか私を迎えに来て』というメッセージだったと

……」

「……」

「人の寿命じゃ足りないくらいの時間がかかったとしても、絶望的な距離が二人の間にあったとしても、『私はいつまでも待ち続けます』って意味をこめて、かぐや姫は不死の薬を渡したんだ」

かぐやは少し迷いながらも白銀に尋ねた。

「もしも……会長がその男の人だとしたらどうしたんですか?」

「俺なら、絶対かぐやを手放したりしない」

「!」

白銀の真《ま》っ直《す》ぐな台詞《せりふ》を聞いて、かぐやはとっさに頬《ほお》を触った。

(まずい!)

危ないところだった。

ルーティーンで平常を保たなければ、きっと夜闇《よやみ》でも誤魔化しきれないほど顔が赤くなっていたに違いない。

しかし、かぐやが一息つく暇もなく、白銀は続けた。

「俺なら、月まで行って奪い返す。絶対にかぐやを」

頬を触るかぐやの右手が、ぷるぷると震えてしまった。

白銀のせいだ。

そんなキリッとした顔でかぐやを見つめてくるから。そして「かぐや」なんて呼び捨てにするから。

ついにかぐやは耐えきれなくなった。

「！　もう、いいです……。もうやめて……」

そう叫んだが、物語に夢中になっている白銀は止まらなかった。

「何十年、何百年かかろうとも、かぐやを――」

「もうやめてって言ってるでしょ！　恥ずかしいの！」

これ以上、この場所にいることはできなかった。心のキャパシティがいっぱいになったかぐやはいてもたってもいられなくなって、その場から逃げ出してしまった。

白銀は、急に走り出したかぐやの背中を呆然《ぼうぜん》と見つめながら、

「え？　四宮？　なんだよ……恥ずかしいって……。ただ俺はかぐやの話を……。かぐや……？」

ハッとして、白銀はようやく四宮かぐやという彼女の名前と、おとぎ話のヒロインの名前が同じであることに気づいた。

「四宮!?　俺はなんて恥ずかしいことを……」

後悔する白銀だが、言い訳をしたい相手はとっくに声の届かない場所に行ってしまっている。

白銀は、夜の屋上で崩れ落ちた。

■■■

三者面談——将来の夢を見据《みす》え、保護者を交え進路を決める面談。

各々《おのおの》が提出した進路調査票と成績を踏まえ、進学か就職か——進学ならば内部進学か外部進学かを話しあう。

また偏差値七十七前後の秀知院《しゅうちいん》生徒が選べる選択肢は幅広い。将来なにになりたいかを踏まえて決めねばならない。

進路相談とは自分の夢を問われる場でもある。

真面目《まじめ》そうな父親と並んで受ける三者面談の場において、藤原千花《ふじわらちか》は将来の夢を訊《き》かれて意気揚々《ようよう》と答えた。

「私、将来は総理大臣になりたいです」

と、〝令和〟と書かれた台紙を掲げる。

わざわざそんな小道具まで用意してくる周到さ。一切曇《くも》りのない笑顔。

冗談なのか本気なのかもわからず、校長は藤原の宣言を前に言葉を失っていた。

「すみません……」

「？」

藤原の父が頭を下げたが、当の本人はなにが悪いのかわかってなさそうにきょとんとした顔をしていた。

――藤原千花、進路迷走中。


三者面談の順番を待つために、教室の前で待機しているかぐや。

その隣には早坂《はやさか》が座っている。かぐやの父親が来られないということで、早坂が代理を務めることになっているのだ。

ぽつりと、早坂が尋ねた。

「かぐや様は、なんてお答えするつもりですか？」

「私は父に言われたとおりにするだけです」

表情を変えないまま平坦にかぐやは言った。

――四宮かぐや、内部進学希望。

「白銀くん、本当にそれでいいんだね？」

進路を聞いた校長は、念を押すように白銀に訊いた。

本来であれば親の意見も確認すべき案件だが、あいにくと白銀の父は居眠りをしている。

白銀は、迷うことなくうなずく。

「はい」

決意に満ちた表情は、何度問い返されようと崩れることがなかった。

そんな白銀御行《みゆき》の進路は――

進路。それは運命の別れ道でもある。

「御行。時間は一瞬で過ぎていくものだ。後悔のないよう、やり残したことがあるなら迷っている暇はないぞ」

三者面談を終えた帰り道、いつになく真面目な声で白銀の父がそう言った。

「父さん……」

思わず尊敬の眼差《まなざ》しを向けた白銀だったが、続く言葉にがっくりと項垂《うなだ》れた。

「俺は今、猛烈に後悔している。三者面談のせいで絶好調だったコインゲームを中断せざるを得なかった……」

「……」

「やり残しがないよう今からゲーセンに戻る。千円くれ」

「ない」

父はどこからともなくホラ貝とカメラを取り出してそれを白銀につきつける。

「だったら、父さんのためにホラ貝を――」

「吹かない。てか、ユーチューバーやめて」

「ケチ」

白銀に断られると、拗《す》ねたように父はスタスタと歩いていってしまった。

いつもと変わらない父に、ため息をつく白銀だった。珍しく父親らしいことを言ったかと思えばすぐにあれである。

ふと白銀の視界に、『奉心《ほうしん》祭』のポスターが飛び込んできた。

たまにはあの父もいいことを言う。

確かに、迷っている暇はなかった。

■■■

奉心祭とは、毎年秋に行われる秀知院学園文化祭の正式名称である。

本年度も二日間開催が決定し、生徒たちは準備に取りかかっていた。

柏木《かしわぎ》と翼《つばさ》は屋上の一角でようやくその人物を見つけ、顔をほころばせた。

「あ、いたいた。会長〜！」

呼びかけながらビデオカメラを向けると、白銀が作業の手を止めて顔を上げる。

白銀はなにやら巨大な球体を抱えた龍《りゅう》のオブジェを作っている最中だった。

「おう。なんだ二人して」

「こいつがマスメディア部で、会長にインタビューしたいって言うから付き添いで」

翼の言葉を受けて、柏木は丁寧《ていねい》にお辞儀した。

「今月の学内誌は奉心祭特集をしようと思ってるんです。そこで、奉心祭にかける白銀会長のお気持ちを聞きたくて」

「そういうことか。てか、お前なんか変わった？」

翼の頭を見ながら、白銀が訊いた。

かつて翼は真面目で、ちょっと地味な感じの男子だったが、柏木とつきあうようになり、なにか一皮むけたような夏休みを経験し、段々と髪型がチャラくなっていったのだった。

そして今、髪をピンクに染めた翼は、そのチャラさに磨きがかかっているというか――バイブスぶち上がってる感じの今日この頃だった。

「彼女がかねちー好きなんで。ポンポンポーン！」

「うるさい」

EXIT《イグジット》の兼近《かねちか》の物真似《ものまね》をしてみせる彼氏を、柏木が小突いた。

柏木は本気で嫌そうな顔をしているように見えるのだが、それが照れ隠しなのかどうか白銀にはわからなかった。

「ていうか、なに作ってるんですか？」

翼が龍を見て尋ねた。

「ああ、特に意味はない。生徒会の勝手な悪ふざけだ」

柏木が白銀に聞き返した。

「悪ふざけって？」

「きっかけは数十年前だ。当時の生徒会がこのオブジェを屋上に飾ったんだ。いつの間にかそれが定番となり、毎年のように飾ることになった」

「へぇ～」

チャラい感じにうなずく翼に、柏木がつっこんだ。

「全然興味ないでしょ」

「ポンポンポーン！」

渾身《こんしん》の物真似を柏木はスルーして、白銀に質問する。

「では会長、奉心祭に向けての意気込みを聞かせてください」

「そうだな。文化祭は男らしく決める……」


白銀が屋上でインタビューを受けている頃、生徒会室も大忙しだった。

「購買で売るグッズのサンプルを持ってきました」

伊井野《いいの》が重そうに運んできた段ボール箱の中身を見て、かぐやは苦笑した。

「秀知院饅頭《まんじゆう》に秀知院煎餅《せんべい》……。まるで観光地のお土産《みやげ》みたいですね」

文化祭で販売して問題ないだろうかと中身をチェックしていると、ふと気になるものを見つけた。

「そういえば、このハートのアクセサリー。去年もありましたが、このような物が売れるのですか？」

かぐやのつぶやきを聞きつけて、藤原がぱっと顔を輝かせた。

「知らないんですかぁ？　奉心祭伝説」

「伝説？」

「奉心祭でハートの贈り物をすると、永遠の愛がもたらされるって言われてるんですよ」

「！」

かぐやはそれを聞いて、思わず心打たれた。

(ロマンティック！)

「？」

急に黙り込んだかぐやを藤原が不思議そうに眺める。

実は興味があるのか、伊井野も話に入ってきた。

「ハートの贈り物をして、告白して、それで結婚した先輩たちの話、私も何人も聞いたことあります」

「！」

先例があるとなると、急に話が現実味を帯びてくる。

かぐやはハッとして、

(待って！　てことは、これを会長に渡せば……)

かぐやは、未来の自分たちを想像した。

たとえば文化祭の喧噪《けんそう》を縫うようにして二人で空き教室にいるとしよう。

そこには、白銀がハート型のアクセサリーを手にしていて――

「ハートの贈り物か……。なるほど、四宮は俺と永遠の愛を築きたいんだな」

「！」

まるで「お可愛《かわい》いやつめ」とでも言いそうな、勝ち誇った白銀の顔。

「……」

かぐやは即座に自分の想像を打ち消した。

（ダメよ！　絶対ダメ！　これじゃ露骨すぎる……！）

と、そんなふうにかぐやがいつものように妄想していると、藤原がそれを怪しみながら見ていた。

「あれれ？　もしかして、かぐやさん……ハートの贈り物をしたい相手がいるんですかぁ？」

「？」

伊井野までも首を傾《かし》げてかぐやを見る。

二人の注目を浴びて、かぐやは焦ったような声を上げてしまった。

「！　なんですか急に」

その反応に、藤原はにやーっと口角を上げた。

「いるんですね。ミコちゃん」

「はい！」

藤原が探偵帽子をかぶり、伊井野にも手渡すと忠実な後輩は躊躇《ちゅうちょ》することなくそれを自《みずか》らの頭に乗せた。それから二人はポーズを決めて叫んだ。

「ラブ探偵チカ！」

「アンド、ミコ！」

かぐやは必死に平静を装った。

「やめてください。すぐそうやって勘ぐるの。悪い癖ですよ、なんなんですか二人して探偵の真似事を……」

「もしかして……。会長～」

犯人を追いつめるように藤原がかぐやに近づいてくる。

かぐやは必死に目をそらした。

「！　違いますって！」

こうなったときの藤原はなかなかしつこい。

なにか他に彼女の興味を惹《ひ》くようなものがないかとかぐやが策をめぐらせていると、生徒会室の扉が開いた。

「どうだ？　準備のほうは？」

やってきたのは白銀だった。

かぐやは、慌《あわ》ててハート型のアクセサリーを見つからないよう後ろに隠す。

藤原がかぐやから視線を外し、白銀に向き直る。普段のイメージからは想像しにくいが、藤原は与えられた仕事は真っ当にこなすのだ。

「こちらは順調です。会長は？」

「同じく順調だ。今年は奉心祭のフィナーレに、初のキャンプファイヤーを行うことも決定した」

その言葉に、ソファーの陰《かげ》から立ちあがる男がいた。

「キャンプファイヤー⁉」

「石上、いたのか……」

驚く白銀をよそに、石上はハート型のアクセサリーを手にしてまじまじと見つめていた。

「……」

「あれれ？　石上くんも贈り物をしたい相手がいるんですかぁ？」

新しい玩具《おもちゃ》を見つけたように藤原が近づいていく。

「い、いや別にそんな人は」

石上はさっとアクセサリーを元の場所に戻したが、藤原は誤魔化されなかった。

「怪しい……」

じーっと見つめてくる藤原と伊井野の視線に怯《おび》えて、石上が居心地悪そうに壁際まで追いつめられていた。

そんなやりとりの横で、白銀が誰にともなくつぶやいた。

「あともう少しで、すべての準備が整う……」

と、急に白銀がかぐやのほうに目を向けた。

「！」

視線が合ったので、かぐやはとっさに目をそらしてしまった。

後ろ手に隠したハート型のアクセサリーをぎゅっと握り締める。

「……」

なぜだか白銀の顔を見ることができない。

かぐやは、その理由をじっくりと考えてみることにした。

■■■

その日の夜、かぐやは自室に早坂を呼びつけて頼み事をした。

「ねぇ、早坂。明日までにこういう柄のハンカチを探してきてほしいの」

かぐやが差し出したノートにしっかりと目を通してから、早坂はきっぱりと答えた。

「こんなニッチなニーズに合わせた商品はありません」

ノートには、水玉模様のなかに一つだけこっそりハートが入っているハンカチのイラストが描かれていた。

「発注して作ったらいいじゃないですか」

「それじゃ当日間に合わないかもしれないでしょ」

「もしかして、これって奉心祭伝説のハートを贈ると永遠の愛がってやつじゃ？」

「！」

やっぱりか、と早坂はため息をついた。

かぐやの考えは手に取るようにわかった。

どこかで奉心祭伝説のことを聞きつけてそのロマンティックさに心を奪われたのだろう。

それで白銀にハートをあしらった贈り物をあげたいが、それが本人にバレると告白と同義とか言い出して（以下略）

要するにいつものパターンだ。

もしもかぐやの言うとおりの物を早坂が用意できたとしても、白銀がハートマークに気づかないなんてことはあり得ない。

「これを贈るってことは告白みたいなものですよ？」

「……」

黙りこくるかぐやに、早坂はなおも続ける。

「まあ、贈ったところでかぐや様はどうせなんやかんや理由つけて、別に会長が好きなわけではないとか……」

「好きよ」

「！」

早坂は息を呑《の》んだ。

なにかの聞き間違いかと思った。

周囲にどれだけバレバレだろうと断じて認めず、一番近しいはずの早坂にさえ決して言うことがなかったその言葉が、ついにかぐやの口から漏れたのだ。

だが決して早坂の聞き間違いではなかった。

かぐやは、もう一度、まるで自分に言い聞かせるように繰り返した。

「私は白銀御行が好き……」

■■■

奉心祭を控えた白銀のスケジュールは、多忙を極めていた。

まず普段の生徒会業務に加えて奉心祭開催に向けた諸々《もろもろ》の準備が加わる。

さらに白銀のクラスでは、バルーンアートを作ることになっている。器用ではない白銀は、藤原に教えを受けながらも何度も風船を割ってしまった。

それでも、白銀は決して弱音を吐かなかった。

風船の破裂音を何度響かせても、真剣な表情で風船を膨らませ、ねじり、動物や剣など子供が喜びそうなものを作り続ける。

さらに空いた時間では、屋上の龍などのオブジェにも手をつけなければならない。とはいっても、空いている時間などほとんどないから、作業はちょっとした休憩時間や、他の生徒が帰ったあとになってしまった。

だから、その球体が完成したときも、辺りはすっかり暗くなっていた。

「……」

白銀は完成した球体をじっと見つめる。

（お別れか……）

その視線がゆっくりと上がっていく。

頭上にはまぶしいほどの月がある。

――準備は、すべて整った。

■■■

奉心祭一日目の早朝。

秀知院学園の廊下には、ＩＣＴ教育の一環としてモニターが設置されている。教師の許可を得ればそこに生徒が作成した画像や動画を映し出すことができるのだ。

主にマスメディア部が使用することが多く、先の生徒会選挙でも中間予想などを流して大いに注目を集めた。そして今は、奉心祭に向けての生徒たちの意気込みが語られる動画が流れている。

たまたま廊下を歩いていたかぐやは、それを見て足を止めた。

モニターの中で、白銀がインタビューに答えていた。

『文化祭は男らしく決める』

ふと、かぐやは白銀の言葉に疑問を覚えた。

「生徒会長としての責務を全《まっと》うする」とか「全校生徒が楽しめるように全力でサポートする」というような受け答えのほうが白銀らしい気がする。

男らしく決めるという言葉に、なにか特別な意味があるのだろうか？

廊下を歩くと、奉心祭に向けて準備が進んでいることが見てとれる。

生徒たちが作った紙飾りやイラストで学校中が華やかに装飾されている。

その光景を眺めながら、かぐやは考えた。

（早坂は言ってた……）

それはあの夜――かぐやが、白銀への好意をはっきりと口にした夜のことだった。

「好きなら素直に告白するべきですよ」

「！」

きっと早坂からはからかわれるかと思っていた。あるいは「今さらなにを言っているんですか」とか、嫌みの一つも言われるものだとばかり。

しかし早坂はかぐやの決意を笑わず、真剣に応援してくれた。

かぐやは、ぼそりとつぶやいた。

「告白……」

■■■

白銀の教室は、すっかりバルーンアートで飾りつけられていた。

教室内には色々な形の風船があるが、特にハート型のものが多く、また目を惹くように配置されている。

クラスの手伝いを終えた白銀が中庭を歩いていると、藤原を見つけた。

「はい、どうぞ」

藤原は道行く生徒にハート型の風船を手渡している。彼女の近くのベンチには、風船の入った箱が置かれていた。それを見て、白銀は尋ねた。

「藤原書記？　なにしてるんだ？」

「ハートの風船が大量に余ってるので、飾りが足りてないクラスに配ってるんです」

「なるほど、いい考えだな」

「会長は準備終わったんですか？」

「ああ。すべて抜かりない」

白銀がうなずくと、藤原はにっこりと笑う。

それからまたすぐに通りかかる生徒たちに風船を手渡し始めた。

「はい、どうぞ」

にこにこと笑う藤原から突然ハートを手渡されると、最初はもらった生徒が驚くのだが
すぐに楽しそうな顔になる。

みんな祭りの前で浮かれているというだけではない。

藤原の明るい空気が伝播《でんぱ》して、まるで学校中に広がっていくようだった。

「……」

惜しみなく幸福を分け与えている藤原を見ながら、白銀はひっそりと誓う。

（この文化祭で――）

奇《く》しくもそのとき、場所は違えどかぐやも同じことを考えていた。

（この文化祭で――）

かぐやは思う。

「私は会長に――」

白銀は思う。

「俺は四宮に――」

「「告白する」」

■■■

――それぞれの思惑が交錯《こうさく》するなか、ついに運命の奉心祭が幕を開けた。

第5話

二つの告白（前編）

かぐやのクラスの出し物は、コスプレ喫茶だ。

メイドや魔女の格好をする生徒たちのなかで、かぐやはロリ風の衣装に身を包んでいた。白と赤を基調としたアンティークドールのようなデザインの服で、さらに真っ白なウサギのぬいぐるみ型のポシェットを肩からかけている。

クラスメイトから似合う似合うと褒めそやされるなか、かぐやはこの場にいない白銀《しろがね》のことを考えていた。

そこへ早坂《はやさか》が慌《あわ》てた様子で走ってくる。

「かぐや様！　厄介《やっかい》な人が」

「!?」

なぜか、音楽が聴こえてきた。

チャチャチャーチャーチャーチャー、と誰しもが聴いたことのあるパワフルで特徴的なメロディー。様々な分野で活躍するスペシャリストを取材するドキュメンタリー番組『情熱大国』のメインテーマである。

かぐやの視線の先には、一人の男性がいた。

——田沼正造《たぬましょうぞう》、五十三歳。

心臓バイパス手術の第一人者として知られるゴッドハンドだ。

田沼はコスプレ喫茶の順番待ちの列の先頭に並んでおり、後ろにいる人たちにタブレットを見せていた。

よくよく聴いてみれば、音楽は田沼のタブレットから流れている。

かぐやがちらりと盗み見ると、タブレットには『情熱大国』の映像が流れ、田沼がインタビューされているシーンが映し出されていた。

「これ、私。すごくない？　すごいよね？　……おい、すごいって言え」

「……」

タブレットを無理やり見せられている人は見るからに煩《わずら》わしそうにしているが、田沼は一切気にする様子がない。

恍惚《こうこつ》とした表情で田沼は自分語りを続けた。

「私は世界的ゴッドハンドでありながら、珈琲《コーヒー》ソムリエとしても世界的に有名でね」

「……」

「ねぇ、聞いてる？　おーい？」

並んでいる他の客が帰りたそうにしているのを見て、かぐやはこれは営業妨害ではないかと考えた。しかし、事を荒立てるのはよくない。

まったく気が進まないが、かぐやは田沼を席に通すことにした。

「どうぞ」

「……」

他の客への自分語りを遮《さえぎ》られた田沼は不満そうな顔で、かぐやの言葉に従った。

店内はスペースの問題上、客の前で珈琲や紅茶を淹《い》れるシステムになっている。

他にも狭い場所での営業上の工夫を、客と店員の距離が近いサービスとして受け取ってもらおうという努力が各所になされている。

客に珈琲豆が入った箱を見せて、注文を決めさせるのもその一つだ。

「どちらがよろしいですか？」

「ふむ。それが話に聞く宮内《くない》庁御用達《ごようたし》の秀知院《しゅうちいん》珈琲ですか」

かぐやが持った箱をじっと見つめながら、田沼が言う。その口調に、話が長くなりそうな気配をかぐやは感じ取った。

「はい……」

「豆はタイ北部の象保護センターで作られているブラックアイボリーを使用しているとか」

「ご注文は珈琲でよろしいですよね?」

「そもそも、お嬢様は珈琲の語源はお知りですか?」

「いえ……」

注文を決めるだけなのに、珈琲の語源について質問される意味がわからなかった。

(かなり面倒くさい……。早く済ませて離れないと……)

うんざりするかぐやを気にもせず、田沼は珈琲についてのトリビアを語り続けている。

「アラビア語では、珈琲は『カフワ』と呼ぶんです。実はこの『カフワ』が珈琲の由来なんですよ」

「そうなんですか……。それで、ご注文は——」

「カフワとは、もともと軽い白ワインの別名でもあった。では、カフワの語義はなにか?それは『欲望を減らす』という意味なんです」

「……」

まったく興味のない話を聞かされ続け、かぐやのポーカーフェイスも崩れてきた。

いらいらするかぐやの視界の端で、白銀が教室に入ってくるのを見つけた。

「会長……」

「四宮《しのみや》、手空いたらちょっといいか？　大事な話がある」

「⁉」

思わぬ言葉にかぐやは驚きを隠せなかった。クラスの出し物の接客中に白銀がこんな言い方をするなど、よほどのことでなければあり得ない。

（大事な……？　え、まさか……告白してくれるの⁉）

期待に胸を膨らませるかぐやの隣で、田沼が誰も聞いてない話を垂れ流し続けていた。

「元来、人間というのは実に欲深き生き物であり、様々な欲を抱えている。食欲、物欲、睡眠欲、性欲……」

と、そのとき、田沼の唇が細い指で押さえられる。

田沼が視線を上げると、警官の格好をした早坂がそこにいた。

「キュン……」

思わず、胸の高まりが田沼の口から溢《あふ》れる。

もう田沼には自分の唇を押さえつける警察官の少女しか目に入らない。

早坂が田沼を押さえるなか、かぐやと白銀はひっそりと教室を抜け出すのだった。

白銀はかぐやを連れて奉心《ほうしん》祭の喧噪《けんそう》を避けるように、人の少ないほうへ、少ないほうへと歩いていく。

どんどんと人混みから離れていくにつれ、告白への期待がかぐやのなかで高まっていった。

心臓が壊れそうなほど強く鼓動《こどう》を打っている。かぐやは胸を押さえながら、無言で歩き続けた。

そして生徒会室にたどり着き、白銀が扉を閉めるとついに二人きりになった。

「なんですか……？　大事な話って……」

必死に冷静を装ってかぐやが切り出した。しかし、知らぬ間に彼女の手は祈るように胸の前で固く組まれていた。

白銀はどこか歯切れの悪い口調でこんなことを言った。

「あ、いや……早く……告白をしなきゃとは思っていたんだが……」

「！」

かぐやは息を呑《の》んだ。

またなにかの勘違いや、早とちりではない。

白銀は、ついに、確かに、その決定的な言葉を口にしたのだ。

(き、来た……。告白!)

待ち焦《こ》がれた〝告白〟という単語にかぐやが酔いしれていると、白銀が一枚の紙を差し出してきた。

「これを……」

「え?」

告白に紙なんて必要だろうか、と不思議に思いながらもかぐやは反射的に差し出された紙を読んだ。

「……!　これって」

「先週アメリカから届いた。ＳＦＩＴ、サンフランシスコ工科大学の合格通知だ」

「!?」

語学に堪能なかぐやは、その紙を見たときからそこに書かれている英文の内容が理解できていた。だが、白銀の口から説明されて、初めて理解が脳に届いたようだった。

「来年、俺は皆より一足先にこの秀知院を巣立つ」

白銀がアメリカに行ってしまう。

その事実に、かぐやの心が大きく波打った。

だが心の動きとは反対に、平坦な声がかぐやの口から漏れる。

「……告白って、このことだったんですか？」

「ああ。これが、俺にとって最後の文化祭だ」

「……」

あまりの出来事に、かぐやは言葉を失ってしまった。

「四宮……？」

心配そうな白銀に声をかけられて、ようやくかぐやは言葉を返すことができた。

「あ、はい……。そ、それはまた……急な話ですね」

「校長の勧めでな。先月にダメ元でアーリー受けておいたんだ。俺も正直受かるとは思ってなかった」

「……」

「俺はＳＦＩＴに留学する」

白銀の言葉に、かぐやはどんな反応をすればいいかわからなくなった。

だがかぐや自身の意思とは関係なく、どのような対応をすればいいかは彼女の体に染みついている。

幼少の頃から、世界中のあらゆる年代のあらゆる人間と交流させられ続けたかぐやは、自分の心を裏切る交渉術を完璧に体得しているのだった。

「そうですか……なにはともあれ、おめでとうございます」

「ありがとう……」

祝福の言葉をかぐやから贈られたのに、少しも嬉《うれ》しくなさそうな白銀だった。

普段のかぐやならば、白銀の反応に違和感を覚えたはずである。しかし、突然の告白を受けたばかりの今のかぐやに、そんな余裕はなかった。

「告白は以上ですか？」

「ああ……」

「では、仕事なので失礼します」

白銀が遠くへ行ってしまう。

かぐやにはどうすればいいかわからなかった。

だからかぐやは、自分の義務へと逃げ込む道を選んだ。

それは幼い頃から四宮家の厳しい教育を受け続けたかぐやにとっては、たやすいことだった。

「……」

白銀は、生徒会室を出ていくかぐやの背中を無言で見送った。

■■■

生徒会室を出たときは本当に仕事に戻るつもりだったかぐやだが、歩いているうちに考えが変わった。

今の状態で客の前に出ても、クラスメイトにかえって迷惑をかけてしまうだけだろう。

かぐやは時間が必要だと判断した。

今後の対応を検討したり考えを整理するためにも、早坂に相談することにした。教室にいた早坂を連れ出し、廊下の一角にあるパーテーションで区切られただけの簡易な用具置き場にやってくる。

それからかぐやは手短に事情を説明した。

「そうですか……。会長が留学を……」

「……」

かぐやの話を聞いても早坂は表情を変えなかったが、少しの間言葉を失ってしまった。

しかしすぐに切り替えて、こんなことを口にした。

「いいんですか？　試しに行かないでって言ってみます？」

「馬鹿《ばか》言わないで。ＳＦＩＴは私でも入るのが難しい世界有数の大学よ。誰がなんと言おうと行くべきでしょう」

きっと早坂はかぐやを気づかって提案をしてくれたのだろうが、それを受け入れるわけにはいかなかった。

確かにかぐやのなかには白銀を引き止めたい気持ちもある。

しかし世界有数の大学に進学する白銀の足を引っ張るようなことを、していいはずがない。ここは笑顔で送り出すのが正解なのだ。

そんなかぐやの気持ちを揺さぶるように、早坂が言う。

「……ＳＦＩＴといえば、世界中から天才と呼ばれる人たちが集まり、家柄もよく、かぐや様より綺麗《きれい》でセクシーなパツキン女性がいるかもしれませんね」

「セクシーなパツキン女性⁉」

早坂の言葉でかぐやは思わず想像してしまった。

教室の片隅《かたすみ》で、金髪の女性が羽ペンでいやらしく白銀の頬《ほお》をなぞっている。

その焦《じ》らすような触れあいに白銀は思わず吐息を漏らす。

「Ｏｈ……」

アメリカナイズされた白銀のつぶやきに対するお返しとばかりに、金髪女性は片言の日本語で言うのだ。

「オカワイイコト……」


「！」

かぐやはブルブルと頭を振って、そんな妄想を打ち消そうとした。

「四年もあれば何人もの女性を入れ食いし……」

「入れ食い⁉」

だが、早坂の言葉が、新たな妄想をかきたてるのだった。


ホテルの最上階。

豪華なスイートルームにバスローブ姿の白銀がくつろいでいる。

そんな彼の前に次々と各国の女性がやってくる。

白銀は色とりどりの髪に指をからめながら、一人一人、様々な言語で愛を囁《ささや》くのだ。

たとえばフランス語で「ジュ・テーム」、スペイン語で「テ・アモ」、イタリア語で「テイ・アドーロ」、ブルガリア語で「オビチャムテ」、ルワンダ語で「ンダグクンダ」。

そして英語で「アイラブユー」と。

白銀の口から万国旗のように世界中の愛の言葉が飛び出して、そのたびに各国の女性たちがやってきては部屋が溢れかえるのだ。

「！」

かぐやはブルブルと頭を振って、そんな妄想を打ち消そうとした。

「そのなかの一人と出来ちゃった婚なんかして、可愛《かわい》い双子のベイビーも生まれたりなんかして」

だが、続く早坂の言葉はついに踏み込んではならない領域まで到達していた。

アメリカ西海岸の湿った風のなか、双子用のベビーカーを押して白銀が歩いている。

彼の隣にはお腹《なか》の大きい金髪女性がいる。

幸せそうなその光景は、しかしかぐやから見ればまさに人生のアルカトラズ。

脱獄不可能の監獄《かんごく》に囚《とら》われた白銀を救い出す術《すべ》はもうない……。

そんな未来を想像し、かぐやは絶望に打ち震えた。

「！　もうお腹に三人目が……」

「しかし、一度入れ食いの快感を覚えてしまった会長は、あろうことかワイフがいる身なのに——」

「やめて！　お願い……これ以上妄想させないで」

ついに耐えきれなくなってかぐやは早坂の言葉を遮った。

「申し訳ございません」

早坂は素直に頭を下げる。だがかぐやは彼女を責める気にはなれなかった。

なぜ早坂がこんなことを言ったのか理解している。

早坂が語った未来は、決して荒唐《こうとう》無稽《むけい》な夢物語ではない。

かぐやが行動を起こさなければ現実になるかもしれない、少し先の話なのだ。

「早坂……手伝ってほしいの」

未来を変えるために、かぐやは決意した。

■■■

かぐやが出ていってしまったあとも白銀はしばらく生徒会室に残っていた。

窓の外がすっかり暗くなっても白銀はまだ帰らなかった。

彼は、じっとかぐやの席を見つめている。

（SFIT行きを告白したが、四宮からの告白はなかった……）

もしかしたら、かぐやが戻ってきて引き止めてくれるか、あるいは彼女の気持ちをぶつけられるかもしれないと想像していた。だが、そんなことはなかった。

白銀は賭《か》けに負けたのだ。

（これではっきりわかった。もう俺の負けだ……）

深く嘆息してから白銀は窓の外へと視線をやった。

そこには大きな白い月が輝いている。

■■■

学校から自宅へと戻ったかぐやは、早速準備に取りかかった。

「……」

慣れない針仕事は集中力のいる作業だった。指を傷つけないように慎重に生地に糸を通していく。
かぐやは黙々とその動作を繰り返した。

■■■

かくして、文化祭初日は幕を閉じた。
そして翌日、恋と波乱の文化祭二日目が明けようとしていた――

第6話 二つの告白（後編）

――そして事態は動き出す。


奉心《ほうしん》祭二日目の夕方。

そろそろ祭りも終わりに近づいた頃、こんな叫び声が上がった。

「大変です！　事件です！」

探偵に扮《ふん》した藤原《ふじわら》と伊井野《いいの》が、大声で騒ぎながら廊下を走っていた。

二人がそのままの勢いで生徒会室に駆け込むと、白銀《しろがね》と石上《いしがみ》とかぐやが不思議そうな顔で出迎える。

「どうしたんですか？」

かぐやがそう尋ねると、伊井野が答えた。

「飾りつけしていたハートの風船が全部盗まれたんです！」

伊井野が説明するには、学校中の風船――それもハート型のものだけがなくなってしまったのだという。

白銀のクラスの出し物のために作られ、藤原が多くの生徒たちに配っていたものだ。その風船がなくなり、代わりに現場には紙が落ちていたという。

伊井野の説明が終わると藤原が気難しそうな顔をしつつ、たっぷりと探偵らしさを気どった重々しい足取りで一同の周囲を歩き回った。

「昨夜は飾りつけの関係もあって各教室の施錠《せじょう》はされておらず、警備員の巡回はあったものの校舎の中に忍びこめさえすれば誰でも犯行は可能であった……」

「……」

「そして、そこにはこれが残されていた……」

と、一枚のカードを藤原は掲げた。そこにはこう書かれている。

『ハートを頂きに上がった』

犯行声明である。

それを読んで、かぐやは書き添えられた差出人の名をつぶやいた。

「アルセーヌ」

「ルパンですよ！　怪盗ルパン！　これは私に対する挑戦状なんです！」

「……」

別にあなたに対する挑戦ではないでしょう、という言葉をかぐやは飲み込んだ。

藤原は勢い込んで宣言した。

「絶対に犯人はこの私が捕まえます！　ミコちゃん！」

「はい！」

と、伊井野を連れて出ていってしまう。

ふとかぐやは、これはチャンスではないのかと気づいた。

(いつも場を散らかす藤原さんが犯人探しに夢中になっている間は、告白を邪魔する者はいない……！)

かぐやがひっそりと決意を固めていると、心配そうな石上の声が聞こえてきた。

「こんな騒動のせいでキャンプファイヤーが中止にでもなったら……」

「ん？　なにか困ることでも？」

石上がイベント中止を心配するのは意外だった。

かぐやが尋ねると、石上は誤魔化すように慌《あわ》てて首を振った。

「！　い、いや別になにも……」

「大丈夫だ。別に実害があるわけでもない。それに、お祭りにはお祭り騒ぎが必要だと思わないか?」

石上を安心させるように白銀が微笑《ほほえ》んだ。

「ええ、私もそう思います……」

かぐやも笑った。好都合だった。

誰が犯人かは知らないが、せいぜい利用させてもらおうと、かぐやは考えた。

■■■

更衣室で弓道着に着替えながら、かぐやは早坂《はやさか》に確認した。

「本当に大丈夫なのよね……?」

「はい。完璧でロマンティックなシチュエーションです」

「……」

かぐやが疑惑のこもった視線を向けると、早坂は改めてこれからの流れを説明した。

「まずこれから、火矢の点火がありますよね」

イメージトレーニングは重要だ。早坂の言葉に、かぐやは未来の自分を想像した。

中庭にキャンプファイヤー用の薪《まき》が積み上げられている。

かぐやは火をつけた矢をつがえる。

「そのとき、なるべく近くに会長を招きます」

早坂が白銀を連れてやってくる。

白銀が来たらかぐやは打ち起こしを始める。矢をつがえた姿勢のまま、弓を引かずに持ち上げるのだ。両拳《りょうけん》を並行に保ったまま、頭よりも高く上げる。

「鏃《やじり》の灯《ひ》に照らされたかぐや様の横顔は、さぞ神秘的に見えるでしょう」

弓を引き、矢が地面と並行な状態になるようにしながら下ろしていく。

矢が口元まで下りるように弓を引き絞り、その状態をしばらくキープする。

かぐやは流鏑馬《やぶさめ》の達人であり、この距離で外すことなどあり得ない。

そしてついに、かぐやの矢によりキャンプファイヤーが点火し、暗闇《くらやみ》に光が満ちる。

そんな光景を目にすればきっと白銀も――

「会長はこの時点で既《すで》にドッキドキです」

「ドッキドキ！」

早坂の言葉に、かぐやはイメージの世界から現実に戻ってきた。

わくわくする子供に昔話を語り聞かせるように早坂は続ける。

「そして屋上からキャンプファイヤーで盛り上がる生徒を眺めつつ……」

再びかぐやはイメージする。

白銀とかぐやは屋上からキャンプファイヤーを見下ろしている。

生徒たちの影法師が楽しそうにしているのを、二人は静かに缶コーヒーを飲みながら見守るのだ。

「文化祭の成功を温かい缶コーヒーを飲みながら二人でささやかに祝います」

語り終えた早坂は、うっとりするようにつぶやいた。

「これは激エモです」

「えも！」

興奮するかぐやを煽《あお》るように、早坂の口調も激しいものになっていく。

「そして告白、そのハートのアクセを手渡しつつ、はい！　かぐや様ここで告白の言葉を！」

突然振られたかぐやは戸惑いつつも、

「えっ。かっ、会長がつきあってくれって言うなら、つきあってあげてもいいですよ！」

その台詞《せりふ》を聞いて、早坂はどんよりと蔑《さげす》むような顔をした。

「はい、不正解。なんですかその二周遅れのツンデレ女は」

「だって急に告白とか言うんだもの……」

拗《す》ねるかぐやに言い聞かせるように早坂は言う。

「大事なことだからこそ、借り物の言葉ではいけません。自分自身の言葉で告白を……」

「私の……」

「会長のどこが好きなんですか？　その気持ちを素直に言葉に……」

すればいいんですよ、という早坂が言い切る前に、かぐやの口から自然と言葉が零《こぼ》れた。

「……大勢で歩くとき……」

「？」

「列から離れて歩く人がいると、チラリと振り向くときの横顔が好き……」

周囲とうまく歩調を合わせられない人に、さり気なく気を配ることができるのだ。ずっと白銀の側《そば》にいたかぐやは、そんな彼の姿を何度も見ている。

「……」

早坂は驚いた。かぐやのためにこれまで白銀のことを観察してきた早坂である。その早坂さえも知らない白銀が、かぐやの口から語られている。

きっとそれは、かぐやだけが知る彼の姿だ。

「地味に負けず嫌いなところも……」

生徒会室でトランプをしたときのことをかぐやは思い出した。

みんなが和気あいあいとゲームをするなかで、白銀だけは必死な顔でカードを見つめている。

その姿がかぐやの目に焼きついて離れない。

難しい局面にさしかかったのか白銀が引きつったように笑う。

「難題にぶつかったときの引きつり笑いも」

また先日の体育祭も記憶に新しい。

石上に鉢巻をつけてあげ、背中を押したときの白銀の顔。

「優しく後輩思いなところも」

走り終えた石上を見つめながらも、慰《なぐさ》める役目を応援団に委《ゆだ》ねたときの横顔。

「そしてなにより、人を信じることができる真《ま》っ直《す》ぐな姿が……」

様々な記憶がかぐやの脳裏に浮かぶ。

挑みかかってくるような彼の眼差《まなざ》しが。

遠くを見ながらなにかを考える真剣な顔つきが。

打算ではなく本当に誰かを思いやれる優しい心が。

ちょっと不器用なところや、それをコンプレックスに思って隠そうとするところが。

記憶のなかのすべての場面、すべての白銀のことが──

「好き……。好きなのよ……」

言葉にしたとたん、白銀への気持ちが涙となってかぐやの瞳から溢《あふ》れた。

そんなかぐやを抱きしめながら、早坂は職務上の義務感ではない本心で言う。

「告白、絶対に成功させましょう」

「……」

早坂の腕の中で、かぐやがこくりとうなずいた。

■■■

石上は一人で廊下を歩いていた。出し物の客引きの声も耳に入らない。

手にしたハート型のアクセサリーを真剣な目で見つめている。

ハート型のものを好きな人に贈ると結ばれるという伝説。

「……」

ふと聞き覚えのある声がして、石上は窓から外を眺めた。

走りながら伊井野が、なにか紙のようなものを手にして叫んでいた。

「藤原先輩！　またしても犯人から予告状が！」

「ぐぬぬ……」

口では悔しがりながらも、藤原の顔は興奮を抑え切れていない。

『次の物を頂く』と書かれた予告状には、いくつかの時計が描かれている。

「なんなの？　この時計は……」

盗まれたハート、アルセーヌのさらなる予告状、謎が謎を呼ぶ展開。

探偵の心は激しく燃え立った。

藤原は伊井野を引き連れて走り去っていく。

石上は伊井野たちが遠ざかっていったので、視線を前に戻した。

すると見知った顔が歩いているのを見つけ、表情を変える。

「！」

つばめが同級生と共に歩いている。

声をかけるべきか、いや一人になるのを待つか――

葛藤《かっとう》する石上の視界のなかで、廊下を走る早坂の姿があった。

『ただいまより、キャンプファイヤーを行います。生徒の皆さんはどうぞ中庭にお集まりください』

校内放送が鳴り響くと、生徒たちが一つの方向へ向かって歩き出した。

中庭に生徒たちが集まっている。

つばめもそこにいて、まだ火のついていない薪を見て期待に満ちた表情をしていた。

石上は、遠くからそんなつばめのことを見守っている。

一方、かぐやは中庭近くの柱の陰《かげ》に隠れ、こっそりと無線機に呼びかけていた。

「早坂……？　会長はまだなの？」

『ダメです！　生徒会室にもいません』

早坂がかぐやのために学校中を駆け回ってくれたのを知っている。しかし焦ったかぐやからはつい早坂を責めるような言葉が出てしまう。

「どうするのよ⁉　火矢のときに会長が近くで見て、ドッキドキプランでしょ⁉」

早坂からの返答よりも、校内アナウンスが鳴り響くほうが早かった。

『それでは、いよいよ。キャンプファイヤーです！』

「！」

かぐやは顔を上げた。

『点火はこの人、生徒会副会長、四宮《しのみや》かぐやさんにお願いします！』

紹介を受けて、周囲の生徒たちが声援と拍手を送る。

かぐやは観念して中庭へと足を踏み入れた。

「これ以上はもう待てない……」

かぐやのつがえた矢に火がつけられる。

幸いにも、弓道は静かでゆったりとした動作が美しいとされる競技だ。

かぐやはたっぷりと時間をかけて弓を打ち起こした。

「……」

引き分けの動作に入ると、ちりちりと炎の熱が弓手《ゆんで》に伝わった。

だがかぐやの集中は乱れない。

完璧な動作で矢を放つと、それは狙いを過《あやま》たず薪のなかへと飛び込んでいった。

一瞬の後《のち》、炎が燃えさかった。

「……」

生徒たちの歓声のなか、かぐやは炎の照り返しを受けながら、時計を見た。

(文化祭終了まであと一時間。それまでに告白を……)

どこかで白銀もかぐやのことを見ていてくれただろうか。そうであってほしい。

これが最後のチャンスかもしれないのだ。だって、次の奉心祭には白銀はもうアメリカにいるのだから——

とそのとき、空からひらひらとなにかが舞い降りてきた。

見上げると、大量のカードが次から次へと降ってくる。

「？」

かぐやがカードを一枚拾い上げると、そこには『文化祭は頂く。アルセーヌ』と書かれている。

同じように予告状を読んだ生徒たちにざわめきが広がる。

「また犯行声明……」

かぐやがつぶやくと、そこへ藤原と伊井野がやってきた。

「あ！　玉が無くなっています！」

「!?」

藤原の指差すほうを見ると、確かに屋上に置かれた龍《りゅう》が抱えていた球体が消えている。

「！　誰がこんな悪戯《いたずら》を……」

白銀が何日もかけて作った玉が盗まれたのを見て、かぐやは怒りに駆られた。

（人がせっかく勇気を出して頑張ろうってときに……こんなことじゃ告白ができない）

誰がなんのためにこんな事件を起こしているのか——これまではこの怪盗騒ぎのことも演出として利用してやると考えていたかぐやだったが、それは間違いだったのかもしれない。

こんな迷惑な存在ならば、とっとと犯人を捕まえて邪魔させないようにするべきだったのだ。

「あ！　今、人影が！」

伊井野の声に屋上を見上げると、マントを羽織った影が身を翻《ひるがえ》すのが見えた。

「怪盗さんはまだ屋上にいます！　追いかけましょう！」

藤原が興奮した声で言いながら、かぐやの手を引いて走り出した。

「！」

かぐやは、それに逆らわずに屋上へ向かうのだった。


かぐやたちが屋上にたどり着くと、そこには誰もいなかった。

「いない……。どうやら逃げられてしまったようですね」

手にした虫眼鏡で観察すると、どこかうきうきしたように藤原が言う。

「藤原さんはどうしてそんなに元気なんですか？」

「だって、怪盗さんが待っていますからね！」

かぐやの質問に、怪盗を追うのが探偵の義務だと言わんばかりに胸を張る藤原だった。

その横で、落ちていた予告状を拾い上げて観察していた伊井野が声を上げた。

「あ、この紙、無機質紙です！」

「無機質……？」

聞き慣れない言葉にかぐやが首を捻《ひね》ると、藤原が伊井野からカードを奪い取って説明した。

「マグネシウムを主原料とした強度のある紙ですよ。建築用途に使われたりもする……。これは、かなり怪しいですね」

無機質紙は、燃えにくいという特徴を持つがその分値段も高い。

高価な紙を大量にばらまくのだから、そこには意図があるはずだ、と藤原は主張した。

解説を助手に任せてはならないという探偵の矜持《きょうじ》が垣間《かいま》見える口調だった。手柄を藤原に横取りされた形なのに、伊井野は気にした様子もなく、

「確かに……。なんでわざわざそんな紙を。文化祭を盗むって意味もわからないし。謎だらけですね……」

「ん⁉」

藤原がなにかを見つけて顔色を変えた。

「どうしたの？　藤原さん？」

「ワールドクロック……」

「⁉」

藤原は、第二犯行予告の紙をかぐやたちに見せながら解説した。

「この一見バラバラの時計……、これらは地球の経度に換算可能なんです！」

「！」

「最後の犯行予告が撒《ま》かれた五時ちょうどを基準点として、算出した数字と時計の位置を照らし合わせれば……」

「そこに答えが⁉」

伊井野の質問に藤原は満足げにうなずきながら断言した。

「すべての謎は解かれるためにある」

「さすが藤原先輩！」

「⁉」

まだ正解だと決まったわけでもないのに藤原を褒め称《たた》えるように拍手する伊井野に、かぐやは驚きを隠せなかった。将来、怪しいセミナーや高額な情報商材に騙《だま》されないか心配である。

かぐやの心配をよそに、藤原がふふんと胸を張りながらドヤ顔をしていた。

「私はただ謎という鍵穴をほんの少し回しただけです。ＰＣルームで経度を調べます！　ミコちゃん！」

「はい！」

走り出した藤原に伊井野が子犬のようにつき従いながら立ち去っていった。

そんな二人の後ろ姿を見送りながら、かぐやは思わず笑みを零した。

「……ごめんなさい。申し訳ないけど、藤原さんのおかげで全部わかったわ」


「誘導されていた？」

更衣室でかぐやの着替えを手伝いながら、早坂は驚きの声を上げた。

弓道着から制服に着替えながら、かぐやは怪盗の真の狙いを説明した。

「ええ。難しく考えるようにとね」

「？」

「たとえばあの無機質紙、キャンプファイヤーの上から紙を撒いたら普通に危ないでしょ？」

「火が燃え上がらないように難燃性《なんねん》の紙を使っただけだと？」

早坂の問いにうなずきながら、かぐやは続けた。

「そして同じようにこれも……」

　第二の犯行予告文を見ながら、かぐやは言う。

「私も解こうと考えてみましたが、糸口すら見つかりませんでした。こうなると一つの可能性が出てくる」

「？」

「これに答えなどない。そもそも謎なんかじゃない」

「え？」

　かぐやはちょっと笑いながら、

「藤原さんみたいな謎解き乙女を翻弄《ほんろう》するための餌《えさ》。記号の羅列があれば答えのある暗号だと思い込む謎好きの習性をついた一本釣り。おかげで今日は平穏でした」

　藤原の生き生きとした顔をかぐやは思い出した。

『絶対に犯人はこの私が捕まえます！』

　そう言って元気に走り出したが、彼女は〝謎〟という人参《にんじん》を目の前にぶらさげられていただけだ。

　どれだけ走っても残念ながら永久に真相にたどり着くことはない。

「そして、差出人のアルセーヌ。ギリシャ語で〝男らしい〟という意味。どこかで誰かが言っていた言葉です」

忘れもしない白銀のインタビューだ。

マスメディア部のインタビューのなかで、白銀はこう語っていた。

『文化祭は男らしく決める』と。

「これは〝会長の考えを読んで会長を探せゲーム〟。会長、待っていてください。今、会いに行きます」

着替え終わったかぐやは、更衣室を出ると迷いない足取りでそこへ向かった。

■■■

そんななか、キャンプファイヤーは最高の盛り上がりを見せていた。

何人もの男女のペアが踊っている。

イチャイチャしながら楽しそうに踊る翼《つばさ》と柏木《かしわぎ》のような恋人同士もいれば、これからカップルになろうと決意をたぎらせる人間もいる。

ハートの髪飾りを握り締める石上もそんな一人だ。

何度もためらったあと、ついに石上が勇気を出してそれを差し出すと、つばめは笑顔で髪飾りを受け取った。

早坂は一人でポツンと立っていた。

すると、その手を取る男がいた。田沼《たぬま》医師だ。これまで何度もの心臓手術をこなしてきた天才外科医が、今度は早坂のハートへと手を伸ばしていた。

早坂の視界には楽しそうに踊っている石上とつばめがちらりと映る。

田沼と恋人同士になるつもりなどないが、確かにこんなお祭りのなかに一人でいるのも寂しすぎる。

早坂は音楽に乗って踊り始めた。

かぐやは走った。

(あなたのこと、ずっと見てきた……)

かぐやのなかに、これまでの思い出が去来する。

——白銀の唇に人差し指を当てたときのこと。

——花火を見せてくれたときの白銀の横顔。

——講堂の壇上《だんじょう》で、白銀が口にしたかぐやへの想い。

――生徒会室で「俺の側にいろ」と言った白銀の力強い口調。

白銀を探しながら、かぐやは学校中を走っている。

どこもかしこも愛に満ちている――。


かぐやはついにその場所へたどり着いた。

(あなたは星が好きでロマンチストで、いつだって上を目指す人)

かぐやは息切れしながら、ふと時計台を見上げる。

(ここ、時計台の上に会長はいる!)

白銀の性格を考えれば、間違いはないはずだった。

時計台の塔の中に駆け込むと、かぐやは一気に階段を駆け上がった。

塔の最上階にようやくたどり着くと、そこにはマントと帽子を被り立っている男の後ろ姿があった。

かぐやはその背中に呼びかけた。

「……やっぱり、会長がアルセーヌだったんですね」

男が振り返る――と、かぐやの想像どおり、そこには白銀がいた。

「……」

「どうしてこんなことを……？」

「……なんでだと思う？」

問い返されて、かぐやは答えに詰まった。

（わからない……。どうして会長はここに？　私が来るとわかっていたんですか？）

「……」

白銀は答えない。かぐやは、これまでの彼の行動をもとに、その意図を探った。

（私は試されてる？　どこまでが計算？）

「……」

白銀は無言のまま、なにかを待つようにかぐやのことを見つめている。

かぐやは視線だけで、白銀に疑問をぶつけた。

（私が告白したらなんて答えますか？）

「……」

白銀は答えない。

かぐやは、彼の心を推し量ろうとする。

（私の気持ちにどれくらい気づいてる？　私のことどのくらい好きですか？）

白銀の透き通った瞳を見ているうちに、かぐやは深い海の底に投げ出されたような孤独と息苦しさを覚えた。

走ったばかりだというのに、なぜだかひどく寒気を覚える。

（わからない。これから告白しようというのに、目を合わせるのも怖い）

かぐやが未来のことを想像して怯《おび》えていると、白銀がついに口を開いた。

「どうした、四宮？　ずっと黙って」

静かな響きだった。

媚《こび》を売るようなものではないし、むしろ突き放したような口調なのに、不思議とその声には優しさが滲《にじ》みでているのだ。

他人を利用し、蹴落とすことしか教わってこなかったかぐやは、白銀のそんな声を聞いていると自分がひどく矮小《わいしょう》で、薄っぺらな人間だと思わされることがある。

かぐやは、教師に難問をぶつけられた生徒のようにうつむいてしまった。

「わからなくて……」

「そうか……。俺にとってこれは最後の文化祭だ。最後くらい少し羽目を外したかったってのもある」

「……」

「せっかく、怪盗を追い詰めたんだ。ご褒美《ほうび》に、なにかしてもらいたいこととか、欲しいものはあるか?」

「してもらいたいこと……」

かぐやはうつむいていた顔を上げる。

(ある。私は貴方《あなた》にずっと側にいてほしい。貴方に告白してもらいたい)

「……」

「……」

だが、かぐやの言葉が実際に発せられることはなく、沈黙が二人の間に落ちた。

かぐやは声に出さないまま、胸のなかで白銀に語りかける。

(あなたは知らないでしょう)

かぐやは、白銀に出会う前の自分を思い出した。

(私は……人生をただ辛いことを耐えるだけのものと考えていた)

白銀と出会う前は、廊下を歩いているだけでも違う光景が見えていた。

すれ違う同級生たちの顔に○印や×印をつけていくのだ。

本人の性格よりも親の職業、趣味や人柄よりも弱みを暗記するのが、かぐやにとっては重要だった。

(人を見ればごく当たり前のように、使えるか使えないか、自分にとって有益かどうかを

判断してきた。でも──）

白銀と出会ってからはそんなことをしなくなった。

彼は笑顔ですれ違う生徒たちに挨拶《あいさつ》するような男だった。生徒たちもまた白銀に笑顔を返す。

生徒たちの有益度合いを計るよりも、白銀のなにげない交流をかぐやは見るようになっていた。

かぐやが廊下に目を向けると、同級生たちの顔につけられていた○印や×印が消えていく。

四宮家のための道具としてではなく、彼らのことを一人の人間として見るようになっていた。

（あなたと出会って見える景色が変わったの……）

自《みず》らの変化を思い出して、かぐやは感慨《かんがい》深い気持ちになった。

同時に胸のなかにどす黒い感情が生まれるのを抑えられない。

（だけど、あなたの優しさに気づけば気づくほど、私は自分が嫌になる）

白銀は優しくかぐやを見守っている。

そんな白銀を見つめながら、かぐやは今までずっと抱えていた疑問をぶつけた。

（あなたは誰にでも優しいから、私にも優しくしてくれるんじゃないか）

白銀は答えない。

（私だけが特別だと勘違いして、一人舞い上がってるだけなんじゃないか）

白銀は答えない。

（私の思い上がりで告白なんかして、これまでの関係すら壊れたらと思うと、震える……）

（だから私は……告らせたかったのに……）

——ただ、白銀があの優しい笑顔でかぐやの告白を断ることを想像すると、心が壊れそうになる。

「……」

（喉《のど》が張り付いて開かない。怖くてなにも言葉にできない。怖い……）

自分は弱くなったと思う。

涙は女の武器という四宮の教えを子供の頃から守り、他人を操作するためにしか使わなかった涙腺《るいせん》なのに、今は意図せずこんなにも簡単に泣けてしまうのだ。

「!?　四宮どうした？　ごめん、困らせたか？」

「……」

かぐやの涙を見て慌てる白銀に対して、かぐやは静かに首を振った。

白銀は困ったように、

「なぁ、なんとか言ってくれよ……。寒いのか？　ほら」

と、マントをかぐやに着せてくれた。

ほのかに白銀の温もりを感じながら、かぐやはついに諦《あきら》めた。

好きになったほうが負けなどという言葉は強がりにすぎない。

かぐやがこれまで頭脳戦を仕掛け続けた本当の理由は、最後の最後で彼に拒絶されることが怖かったからだ。

四宮の家で優しさを知らずに育ったかぐやには、白銀の優しさのどこまでが彼自身の善性に基づくものなのか、どこからが恋愛感情に由来するものなのか、推し量ることが不可能だったのだ。

「悪かった。四宮を困らせるつもりなんてなかったんだ」

「……」

かぐやは答えない。

困りきった白銀は、ふと口調を変えた。

「四宮、お前に見せたいものがあるんだ」

「?」

かぐやが顔を上げると、緊張したような白銀の面持《おもも》ちが目に入る。

「どうしても言葉にできないから……。俺が思う最高に素敵なものをプレゼントしようと思ったんだ」

「え?」

それ以上、白銀はなにも言わなかった。

ただ、かぐやを促《うなが》すようにして、塔の外へと歩き始めただけだった。

■■■

白銀に続いて塔の外に出ると肌寒い空気が頬《ほお》に触れ、かぐやは身震いしそうになる。

中庭のキャンプファイヤーはここからでも見ることができたが、その熱が届くようなことは当然ない。

白銀はこんなところでなにをするつもりだろう?

かぐやは白銀の言葉を待ったが、彼は無言でスマホを操作するばかりだった。

「?」

不思議に思ったかぐやが口を開きかけたとき、ふと視界の端に映るものがあった。

空になにかが浮かんでいる。

「⁉」

それは白銀が龍と共に作り、アルセーヌによって盗まれた球体だった。

その球体が夜空に浮かび上がったかと思うと、パンと弾《はじ》けた。

「！」

破裂した球体の中から、無数のハート型の風船が舞い落ちてきた。

赤、白、ピンクのハート型の風船が、キャンプファイヤーの照らす夜空に浮かんでいた。

その光景にかぐやが見とれていると、白銀の声がした。

「……わかるか四宮」

「……」

かぐやは答えない。

空を飛ぶ大量のハートにすっかり目を奪われていた。

わからないはずがなかった。

「これが俺の気持ちだ」

「……」

かぐやと白銀は、二人で並んで風船を見つめ続けた。

■■■

――ウルトラロマンティック作戦!!

これは白銀が入念に準備をしてきた作戦である。

白銀はこの作戦のために費やしてきた日々のことを回想した。

すべてはあの日、父と圭《けい》と白銀の三人が、顔をくっつけるようにしながら一台のパソコン画面を覗《のぞ》き込んだ日から始まった。

英語で書かれたＳＦＩＴの合格通知が画面に表示され、白銀の海外留学が決定したその日から計画は動き出していたのだ。

白銀は決意した。

文化祭の夜に、四宮かぐやとの関係に決着をつけることを。

そのためになにをすればいいのか、そのインスピレーションは日常のなかから得ていた。

応援団の演出のために、女装することになった石上。

その石上が女子の制服を着ているのを見たときに、そのイメージが浮かんだ。

——コスプレ。


「なにか着るものは……」

白銀は秀知院《しゅうちいん》学園の備品室を漁《あさ》っていた。

すると、ハンガーラックにかかった一着が目にとまった。きっと演劇部が使ったのだろう、アルセーヌ・ルパンの衣装だった。

白銀は早速それを身につけ、鏡の前に立った。

「だいぶ、アリだな……」

知的さと大胆さが同居している衣装に身を包んだ自分に、白銀は酔いしれた。

ふと、備品室の中に置かれている〝バルーンアート入門〟という表紙の本を見つけた。

「そういや、うちのクラスはこれで行くんだったたか」

このとき、白銀の脳裏に一つの風景が浮かんでいた。

——バルーンアート。

脳裏に浮かんだ光景を実現させるべく白銀は備品室の在庫を確認し、そしてシミュレーションした。

結論としては、可能だ。ただし、問題もある。

「……悪くないが、実現しようとするとかなり大変だぞ。なにをするにもまず藤原を封じなければ話が始まらない。あいつの行動を抑える一番の方法は……」

藤原は自前の探偵帽子を携帯し、伊井野にもつきあわせるくらいの探偵フリークだ。さらに普段は恋愛話を主食としており、白銀にとっては厄介《やっかい》な存在だった。

しかし、それ以外の謎を用意し、藤原の目の前にぶらさげてやれば喜んで食いつくに違いない。

実際、白銀とかぐやが時計台にいる間、藤原と伊井野はPCルームで嬉々《きき》として予告状を調べていた。

――謎解き。

藤原を抑える手段を思いついた白銀は、備品室で思案に暮れていた。

「……あと必要なのは数百のハート」

自分一人で用意するのではとても時間が足りない。生徒会業務や文化祭の準備をおろそかにするわけにはいかないし、家事やバイトもある。

だが、白銀のクラスメイトの力を借りれば問題ない。

それとなくクラスメイトたちを誘導し、ハート型の風船を多めに作るように仕向ければ、それを多少借りても大問題にはならないはずだ。

なにしろお祭り好きの気の良い連中ばかりだ。最初は怒ったり戸惑ったりするかもしれないが、白銀の作戦が成功すればきっとクラスのみんなも喜んでくれるはずだ。なにしろ、学校中のすべての人間の上にハートは降り注ぐはずなのだ。

だが白銀の本命はたった一人だ。

備品室に置かれているハート型のアクセサリーを白銀は見つめた。

「見えてきたぞ。無数のハートをバルーンの中に仕込み……一気に割る」

――奉心祭伝説。

無数のハートは人海戦術を取ることが可能だが、どうしてもそれを隠すバルーン――球体は自分で作らなければならない。タイミングを合わせて浮遊させたり、破裂させるためにスマホで操作できるように機材も仕込む必要があった。

白銀はその作業をこっそりとやるつもりはなかった。

生徒会の伝統を利用して、これは悪ふざけの一つだとマスメディア部のインタビューにも答えた。

みなの目があるところで外観を作り、白銀は一人になったときにだけ誰にも見せない細かい部分の作業をすればよかった。

——オブジェ作り。


「となると、最後に必要なのは……」

白銀は奉心祭でそれを行うための企画書を校長に提出した。

ざっとそれに目を通すと、校長は「ロマン！」と叫んでゴーサインを出してくれた。

確かにロマンだ。太古の昔から、人の心を動かすのは火と音と決まっている。

夜空を焦《こ》がす大きな炎、ダンスのサウンドが鳴り響くなかで、その作戦を決行する必要があった。

——キャンプファイヤー。


それらの準備を経て、白銀のウルトラロマンティック作戦は結実した。

割れたバルーンから飛び出した数百のハートは、キャンプファイヤーの上昇気流に乗って、地上から数十メートルで停滞。

高台で数分間のゴールデンタイムが発生する。

確かにハートはすべての生徒たちに降り注ぎ、幸せは全員に還元される。しかしこのゴールデンタイムを最高のシチュエーションで楽しむためには、この時計台で眺めるのがベストの選択なのだ。

「……」

「……」

水面下で行われていた文化祭の完全私物化。

そのすべてはこのシチュエーションのために——

風船の大群が白銀とかぐやを包み込んだ。

かぐやはその一つを嬉《うれ》しそうに手に取ると白銀を見つめる。

白銀はその瞳を見返しながら、声に出さずかぐやに問いかけた。

(さすがのお前だって、これぐらいはわかるだろ。これが俺の精一杯の告白だ)

白銀にじっと見つめられて、かぐやはくすぐったそうに顔をほころばせた。

「うふふふ」

「な、なに笑ってんだよ？」

「いえ。なにか準備してる気はしてたんですが、まさかこんな馬鹿馬鹿《ばかばか》しいことだとは思いもしなくて……」

「そうは言うけどな。大変だったんだぞ、これ」

ちょっとばつの悪い顔をする白銀を笑顔で見つめながら、かぐやは肩をすくめた。

「まったく……こんなことしていったいなにが狙いなんですか？　別にこんなことしなくても私は……」

かぐやが言いよどんだ言葉の続きは、きっとあと数秒だけ白銀が我慢していれば耳にすることが叶っただろう。

しかし白銀はそれを遮《さえぎ》った。

「もちろん意味はある。これもすべて四宮に俺の願いを聞いてもらう下準備だ」

「願い……？」

「……俺からお前に一生に一度のお願いだ」

「？」

問いかけるようなかぐやの視線を真っ直ぐに受け止めながら、白銀は息を吸いこんだ。

そして言う。

「ＳＦＩＴを受けろ。俺と一緒にアメリカに来い」

「！」

かぐやが息を呑《の》んだ。

それから長い沈黙が二人の間に落ちた。

熟考の末、かぐやはうつむきながら白銀に返事をした。

「……ごめんなさい」

「！　ダメか……？」

「進路に関しては、父から内部進学するよう命じられています……。父の言うことには抗《あらが》えません……」

「そうか……」

現実的に考えれば、おそらくこうなるだろうと予想はしていた。

だから白銀は必死に準備して、文化祭を私物化してまでその現実に抗おうと試《こころ》みたのだ。

二人の間に天《あま》の川《がわ》と同じくらいの隔《へだ》たりがあることなど、とっくに承知していた。

だから空を覆《おお》い隠すほどのロマンティックで、無慈悲《むじひ》な現実を超越したかった。

「さよなら……会長……」

「……」

けれど現実はとても強固で、高校生の白銀がどれだけ頑張っても変えられない。

かぐやから返ってきたのは別れの言葉だった。

ただ、それは言葉だけではなかった。

「でも……、私からもこれを」

「？」

かぐやはポケットから和柄の手作りの小袋を取り出すと、それを白銀に渡した。

中を見ると、ハートのアクセサリーが入っている。

「！　これ……」

奉心祭にハートを贈る意味は、かぐやも承知しているはずだ。

だが、かぐやは白銀についてくることはできないと言ったばかりである。

その真意を測りかねる白銀にかぐやは言う。

「遠くに行ってしまう会長に……不死の薬です」

「⁉」

その言葉を聞いた瞬間、白銀の脳裏に閃《ひらめ》くものがあった。

『俺はいつも思うよ。あの薬は、「いつか私を迎えに来て」。そんなかぐや姫なりのメッセージだったと……』

いつか、学校の屋上でかぐやに言った台詞だ。それを思い出すと白銀は目を見開いた。

「！」

「私は……いつまでも待ち続けます」

「四宮……」

かぐやの健気《けなげ》な言葉に、白銀は胸がつかえるような痛みを覚えた。

痛ましい笑みを浮かべてかぐやは言う。

「会長。怪盗を捕まえたら景品をくれるって話でしたよね？」

「ああ……。そういえばそんなことも言ったかな」

「それって、なんでもいいですか？」

「えっ、まあ……。俺があげられるものなら……」

「言いましたね」

そこから先の出来事は、すべて一瞬のうちに起こったので、白銀は反応することもできなかった。

まず、かぐやが抱きしめていた風船を手放したかと思うと、白銀の頬に手が添えられた。

白銀がそのひんやりした感触に気づく前に、もう視界いっぱいにかぐやの顔がある。

背伸びをしたかぐやは、迷いない動作で白銀にキスをした。

「!」

「……」

目を閉じたまま、二人は唇を合わせている。

中庭の炎に浮かされて、数分間だけ空を飛ぶ力を得たハートが、二人の周囲を漂っている。

僅《わず》かな風に吹かれて、風船たちはダンスを踊るように二人を見下ろしていた。

——かくして、波乱続きの文化祭は終わりを告げた。

最終話

白銀御行と四宮かぐや

そして、あっという間に時は経《た》ち、ついに別れの日が来た。

横浜《よこはま》港に停泊したコンテナ船の前に、白銀《しろがね》はいつもの学ランとリュック姿で立っていた。

見送りに来てくれた藤原《ふじわら》たちが口々に別れの言葉をかけてくれる。

「会長……本当に行っちゃうんですね……」

引き止めたいのを必死に我慢しているように藤原がそう言うと、伊井野《いいの》は涙ぐんで頭を下げた。

「会長……本当にありがとうございました……」

「これからの生徒会は頼んだぞ」

最初は白銀たちを叱《しか》りつけたり意見が食い違ったりすることも多かったが、伊井野はこの数カ月で立派に成長していた。

白銀の励ましの言葉を伊井野は決意に満ちた瞳で受け止めた。

「え？　てか、マジでこれで行くんすか？　コンテナ船ですよね？」

重い空気を変えるように、石上《いしがみ》が問いかけた。

白銀ははっきりと答える。

「旅客設備がついてるから問題ない」

「どれくらいかかるんですか？」

「まあ、二週間ぐらいだろうな……」

藤原の質問に白銀が答えると、伊井野がぼそりとつぶやいた。

「飛行機で行けば十時間で着くのに」

「せっかくだからな。船の旅を楽しもうかと思っている」

「とか言って、飛行機代がないだけだったりして」

「……」

白銀が声を詰まらせたのを見て、石上はようやく自分が失言したことに気がついた。

「え……？　いや、冗談だったんですけど……」

相変わらずの石上に藤原がため息をつきながら話題を変えた。

「結局、この日までにかぐやさん戻ってきませんでしたね……」

「どこに行っちゃったんでしょう……」

「……」

伊井野の独白はそのまま白銀の疑問でもあった。

藤原がじーっと白銀の顔を覗《のぞ》き込んで、

「会長、本当に文化祭の夜、かぐやさんになにも変なことしてませんか？」

「！　え、いや、俺はなにも悪いことは……」

「だったらなんで失踪《しっそう》なんてしちゃったんだろう……。文化祭の翌日からですよ？　もう四カ月も経つのに……」

「……」

白銀はなにも答えられなかった。

会えるものならば誰よりも白銀が会いたかった。

しかし、かぐやは和柄の小袋だけを残して消えてしまった。

あれは「私を迎えに来て」というメッセージだと白銀は受け取ったのだが、そのかぐやがどこにいるのかわからないでは迎えに行くもなにもない。

白銀はこの四カ月、悶々《もんもん》とした日々を送り続けていた。

出発をつげる汽笛《きてき》が鳴ると、白銀は顔を上げた。

「そろそろか……。元気でな」

みなに別れを告げると、白銀は自転車を押しながらコンテナ船へと向かう。

その後ろ姿を見つめて、三人は思わず声を上げた。

「持ってくんですか⁉」と石上。

「持ってくの？」と藤原。

「持ってくんだ……」と伊井野。

ボロボロのママチャリと共にコンテナ船に乗り込んでいく白銀を、三人は呆然《ぼうぜん》と見送るのだった。

■■■

コンテナ船の上から白銀は遠ざかっていく祖国を見つめた。

家族や友人、そして会えなかった彼女のことを思い出す。

「四宮《しのみや》……」

波の音にかき消されて彼の声は誰にも届かない。

■■■

長い船旅を終え、白銀はカリフォルニア州サンフランシスコにやってきた。

「ここが……ＳＦＩＴか」

自転車を漕《こ》ぎ続けてようやく目的地に到着した白銀は、堂々たる校門を感慨《かんがい》深そうに見つめてからキャンパスへと入っていった。

すると、不可解な文字を見つけて自転車を止める。

真新しい建物に〝SHINOMIYA HALL〟とアルファベットで書かれている。

「し・の・み・や？」

そんな英単語があっただろうかと首を捻《ひね》る白銀は、通りかかった学生に声をかけた。

「あ、すみません。この〝しのみや〟って書かれてるのはなんなんですか？」

流暢《りゅうちょう》な英語でそう尋ねると、学生は丁寧《ていねい》に教えてくれた。

「副会長からの寄贈です」

「副会長⁉」

なにが起きているのか理解できず、思わず白銀は声を荒らげた。

そして白銀が急いで建物に入ると、〝STUDENT COUNCIL《生徒会》〟というプレートが掲げられた部屋を見つけた。

ごくりとつばを飲み込んでから、白銀はその扉を開ける。

「……」

室内は王室のように豪華な内装で取りそろえられていた。

そして、ＳＦＩＴの制服を着たかぐやが当たり前のような顔をしてそこにいた。

「四宮……⁉」

かぐやは白銀の顔を見るとにっこりと微笑《ほほえ》んだ。

「あら、会長。随分《ずいぶん》と遅かったですね」

「え？　なんでだよ？　なんでお前がいるんだよ⁉」

「なんでって、私もここの学生ですから」

その言葉に白銀はますます混乱した。

「は？　失踪してたんじゃないのか⁉」

「失踪なんてしませんよ」

「……」

白銀は言葉を失った。

そして、かぐやがなにを考えてこんな大がかりなことをしたのか、おぼろげながら理解し始めていた。

■■■

――ウルトラ焦《じ》らし作戦。

これは四宮かぐやが入念に準備をしてきた作戦である。

かぐやはこの作戦のために費やしてきた日々のことを回想した。

すべてはあの日、時計台の外で白銀の言葉を聞いたときから始まったのだ。

「ＳＦＩＴを受けろ。俺と一緒にアメリカに来い」

このときから、かぐやの計画は動き出していた。

「……ごめんなさい」

うつむきながら、いかにも申し訳なさそうに言うかぐやだったが、白銀に見えないその顔はにやりと笑っているのだった。

――すぐに承諾をしないことで起こる最大限の効果を狙っていたのだ。

翌日、かぐやが姿を消したことはすぐに騒ぎになった。

生徒会室でも白銀がその報を受け、藤原を問い詰めていた。

「四宮が学校に来ていない⁉」

「はい。無断欠席しているようで、先生も連絡が取れないって……」

「！」

かぐやはそんな二人の会話を、早坂《はやさか》が操作するトイドローンを通して聞いていた。

――突然、姿を消すことで動揺する白銀の心！

四宮家の部屋で、かぐやはＶＲ映像を見ていた。ゴーグルの中に映し出されているのは、早坂がトイドローンで入手した生徒会室のリアルタイム映像である。

「……」

かぐやが不敵な笑みを浮かべながらスイッチを押すと、ＶＲ映像が京都に切り替わる。

和室に座っている四宮雁庵《がんあん》――かぐやの父が映った。

かぐやは、正座するとおもむろに土下座し、

「お父様……！　四宮かぐや、一生に一度のお願いがございます！」

――その裏で進めていたSFIT進学！


同じ頃、生徒会室では一人きりになった白銀が、スマホを見つめていた。

画面にはかぐやの写真が表示されている。

白銀はそっとハートのアクセサリーを握り締めた。

――逢《あ》いたくても逢えないもどかしさ。


プライベートジェット機の前に立っているかぐやは、早坂に問いかけた。

「行ってくるわ。例の準備は？」

「仕込んでおきました」

早坂は、かぐやに命じられた工作を思い返した。

場所は、もう何度も忍び込んだ生徒会室だった。

放課後、そこで眠りこけている白銀の持ち物をすり替えることくらい早坂にはわけなかった。

「四宮……」

いつもかぐやが座っていた席で眠る白銀は、いい感じに寂しさを募らせているようだった。

寝言でかぐやの名を口にするくらいだから、今回の一件はダメ押しになるはずだった。

潜入スーツに身を包んだ早坂は、天井から侵入しその身を投げた。

自由落下した早坂の体をワイヤーが留めると、彼女は宙吊《づ》りになった姿勢のまま白銀が手にしているハートのアクセサリーを、まったく同じ形状の別物とすり替えた。

常人にはインポッシブルなミッションを成功させた早坂の報告を受け、かぐやがねぎらった。

「ご苦労様」

それからかぐやは手に持ったボタンを押すと、プライベートジェット機に乗り込む。

――慕る恋心を助長させる悪巧《わるだく》み。

ちょうどそのとき、白銀は学校の屋上で黄昏《たそが》れていた。

かぐやにもらったもの――と思い込んでいるが実際は早坂がすり替えたハートのアクセサリーを手にして遠くを見つめている。

すると次の瞬間、ハートがパリンと音を立てて割れてしまう。

「！」

白銀は驚いているが、彼の手には怪我《けが》ひとつなかった。

そんな白銀の様子を遠くからトイドローンが観察している。

プライベートジェット機の中で、かぐやは座席前にある小さなモニターに映る白銀を見ていた。

『四宮あぁぁっ‼』

モニターの中の白銀が悲痛な叫びを上げるのを、かぐやは勝ち誇った顔で眺めていた。

――ドツボにはまる男。

秀知《しゅうち》院《いん》学園の上空を飛ぶプライベートジェット機。

――白銀の心を焦らしに焦らし、先に飛び立つかぐや。

モニターの中では、白銀がハートの欠片《かけら》を拾い集めている。

水面下で行われていた白銀の心の完全私物化。

そのすべてはこの日のために――

そんなこれまでの苦労の日々を思い返しながらも、かぐやは悠然と微笑んでいた。

「会長の席は空けておきましたので、どうぞ」

涼しい声でそんなことを言って、デスクの上に新しい純金飾緒《しょくしょ》を置く。秀知院のそれに比べてエメラルドの宝石もあしらえてあり、かなりゴージャスなものになっている。

白銀にはこれが必要だろうとかぐやが特別に用意したものだった。

それでようやく白銀はかぐやの気持ちを理解した。

「そうか……。そんなにも俺のことを……」

「!?」

「そうだろ？　俺と会えないのが我慢できず、俺のために海外進学を……」

「！」

「なにが待ち続けますだ……」

感極まる白銀に対して、ついに我慢しきれなくなったかぐやは、

「勘違いしないでください。会長が私のことを好きすぎて、どうしても来いって言うから私は……」

白銀はぎょっとした。

なんでこの状況が自分のせいになるのか理解できない。挑みかかるような口調のかぐや

につられるように、白銀の声も鋭くなっていた。

「は？　好きすぎってなんだよ？　俺はお前にそんな言葉言った覚えはない」

「言ったも同然じゃないですか。あんなにたくさんのハートの風船を打ち上げたりして……」

「！　それを言うなら、四宮だっていきなりキッスをしてきたじゃないか。四宮のほうが好きすぎだろ」

「いいえ。好きすぎてるのは会長のほうです！」

「いいや、四宮のほうだ！」

「会長です！」

「四宮だ！」

二人はいつの間にか睨《にら》み合い、激しい言葉をぶつけあってはお互いに責をなすりつけようとしていた。

一度は手放していた信念が、二人のところに戻ってきてしまったようだ。

胸の奥から、抗《あらが》いがたい声が聞こえる。

その声はこんなことを言っていた。

——もし貴殿が気高く生きようというのなら、決して敗者になってはならない！

「好きなら好きと、いい加減はっきりと告白してきたらどうですか⁉」

「なんで俺が告白しなきゃならないんだ⁉　俺のことが好きなら、いい加減四宮から告白してきたらどうだ⁉」

──恋愛は戦《いくさ》！　好きになったほうが負けなのである！

「……」

「会長……？」

突如《とつじょ》として黙りこんだ白銀を、かぐやが不思議そうに見つめる。

怒鳴りあっていた二人は、いつの間にか互いのつま先が触れあうほどの距離まで接近していた。

だから、白銀が急に顔を近づけてきたとき、かぐやは反応しきれなかった。

かぐやが白銀の意図に気づいたのは、彼の唇が自分の唇に重なったあとのことだった。

キスされていた。

「！」

驚いて頭が真っ白になったあと、かぐやはようやく自分がやったことの仕返しをされたのだと気づいた。

唇にあった柔らかな感触が離れていくと、白銀の顔が驚くほど間近にあり、じっとかぐやのことを見つめている。

先程まで触れあっていた唇が、とても真剣な声を紡《つむ》ぐ。

「愛してる……。俺は四宮かぐやを愛している」

白銀とかぐやは見つめあっていた。

しばらくそうしていると、怒ったようなかぐやの顔にようやく幸せが追いついた。

普段ならば決して見せないような笑みで、かぐやは白銀に抱きついた。

白銀は小さなかぐやの体をしっかりと抱きしめる。

もう決して離さないという願いを込めて、二人は抱きあっていた。

白銀のリュックには、割れてしまったアクセサリーがつけてある。

それは一度は壊れてしまったが、接着剤を使って丁寧に修復され、ハートの形を取り戻していた。

きっと彼はこれから先、なにがあろうとそれを手放すことはないだろう。

――かくして、二人の恋愛頭脳戦は幕を閉じた。

fin

集英社オレンジ文庫をお買い上げいただき、ありがとうございます。
ご意見・ご感想をお待ちしております。

● あて先
〒101-8050　東京都千代田区一ツ橋2-5-10
集英社オレンジ文庫編集部 気付
羊山十一郎先生／赤坂アカ先生

映画ノベライズ
かぐや様は告らせたい
～天才たちの恋愛頭脳戦～ ファイナル

集英社
オレンジ文庫

2021年8月25日　第1刷発行

著　者　羊山十一郎
原　作　赤坂アカ
映画脚本　徳永友一
出版コーディネート　TBSテレビ　メディアビジネス局　映画・アニメ事業部
発行者　北畠輝幸
発行所　株式会社集英社
〒101-8050東京都千代田区一ツ橋2-5-10
電話【編集部】03-3230-6352
【読者係】03-3230-6080
【販売部】03-3230-6393（書店専用）
印刷所　大日本印刷株式会社

ISBN 978-4-08-680403-5 C0193